LA DEMI-PENSIONNAIRE

Né en 1960, Didier van Cauwelaert est traduit et joué dans de nombreux pays.

Il a obtenu notamment le prix Del Duca 1982 pour *Vingt ans et des poussières*, le prix Roger Nimier 1984 pour *Poisson d'amour*, le prix Gutenberg du livre 1987 pour *Les Vacances du fantôme*, le prix Goncourt 1994 pour *Un aller simple*, et le Grand Prix des lecteurs du Livre de Poche 1999 pour *La Vie interdite*. *L'Apparition*, son nouveau roman, paraît en mai 2001.

Ses pièces *L'Astronome*, *Le Nègre* et *Noces de Sable* ont reçu en 1998 le Grand Prix du Théâtre de l'Académie française, tandis que sa comédie musicale *Le Passe-Muraille*, écrite avec Michel Legrand, d'après la nouvelle de Marcel Aymé, recevait le Molière du meilleur spectacle musical.

Paru dans Le Livre de Poche :

DIDIER VAN CAUWELAERT

La Demi-pensionnaire

ROMAN

ALBIN MICHEL

Ma deuxième vie a commencé un lundi matin, à neuf heures et demie. Je venais de m'asseoir à mon bureau, et de croiser les mains d'un air dispos derrière la petite pancarte qui définit mon rôle au sein de la société. Le mois dernier, c'était mon nom qui figurait encore sur le rectangle de plastique marron glacé. Au retour des vacances de la Toussaint, je l'avais trouvé remplacé par la mention « Renseignements ». C'est moins flatteur, mais plus pratique.

Cela dit, malgré mon retour à l'anonymat, je demeure le personnage central du service des Déclarations. Je réceptionne, j'aiguille, je conseille ou j'éconduis. Beaucoup de gens croient qu'il suffit de venir se présenter à la Société des auteurs, compositeurs, éditeurs de musique avec une cassette ou trois couplets sur une feuille pour devenir sociétaire. C'est un peu plus compliqué. Mais je suis très patient. Auparavant, j'étais serveur chez McDo. L'Employé du Mois, c'était moi. Chaque mois. Fidèle à mon image format poster dans le cadre en pin au-dessus de la poubelle marquée « Merci », j'étais ponctuel, aimable et propre. Je n'ai pas changé. Simplement, je porte les cheveux plus longs et je sens moins la frite.

Cet hiver, le côté dissuasif de ma fonction s'exerce à plein régime. La tendance est au *sampleur*, l'allumé verdâtre à lunettes noires, généralement disc-jockey, soucieux de déclarer, protéger et rentabiliser le fruit de son travail, ce pillage d'extraits musicaux mis bout à bout afin de constituer une nouvelle œuvre. Certains s'imaginent même qu'en déposant à la Sacem des bouts d'Ophélie Winter, Goldman et Beethoven, ils percevront désormais, en tant qu'auteurs du tronçonnage, un pourcentage sur la diffusion des titres originaux. Avec le même ton et la même sympathie chuchotante que j'utilisais naguère chez McDo pour renvoyer sans fracas les shootés qui ne consommaient pas, j'explique aux postulants que la Sacem est une boîte de croulants passéistes réfractaires à l'art libre, prochainement en cessation de paiement, et je les invite à aller déposer leurs créations au Bureau des copyrights à Londres. Souvent, ils me remercient.

Mais j'avais beau être habitué aux

demandes abusives et aux déjantés de tout poil, je me suis retrouvé complètement démuni, ce lundi-là, devant la vieille dame en tailleur pistache qui, sous ses boucles blanches dépassant d'un chapeau tyrolien, m'a souri d'un air attentif en me tendant une partition.

— C'est vrai que vous avez quelque chose, m'a-t-elle dit avec élan, comme si elle continuait une conversation.

Occupé à installer mon bureau pour la journée, les imprimés à gauche, les enveloppes de dépôt à droite et les brochures d'information au milieu — arrangement logique que les femmes de ménage prennent un malin plaisir à bouleverser chaque nuit —, je ne l'avais pas vue entrer dans le service. Sa voix douce, son parfum de chèvrefeuille et sa silhouette de jeune fille déguisée en grand-mère m'ont frappé en même temps. Ce n'est qu'ensuite, après avoir disséqué sa phrase pour y chercher un sens, que j'ai posé les yeux sur la partition que j'avais prise machinalement. Le capuchon de stylo qui m'aide à arrêter de fumer est tombé sur le sous-main en skaï.

En relevant la tête, j'ai constaté que la « déclarante » me souriait toujours, avec naturel et bonne volonté, comme si elle attendait simplement que passe le temps nécessaire à l'accomplissement d'une formalité.

J'ai dit :

— Excusez-moi, madame, mais je pense que vous vous êtes trompée.

— A quel propos ?

J'ai avalé ma salive, les dents serrées. La semaine dernière, c'est un petit vieux frigorifié qui était venu passer une audition de baryton en échange d'un repas chaud à notre cantine. Je l'avais félicité pour son interprétation de *Carmen*, mais je lui avais expliqué que nous n'étions pas hélas une antenne musicale des Restos du cœur, et je lui avais donné dix francs. Depuis, il m'envoyait du monde et on commençait à me regarder de travers, dans le service.

— Je pense que vous vous êtes trompée de document.

— Non, pourquoi ?

J'ai insisté, en m'efforçant de garder ma sérénité pour entrer en résonance avec sa logique intérieure :

— Si je comprends bien, c'est pour un dépôt de partition.

— Tout à fait. Quel est le problème ?

Sa gentillesse, son air d'indulgence préalable, de tolérance habituée aux bizarreries administratives ont recroquevillé mes orteils. Elle me traitait comme si j'étais légèrement débile, comme si c'était moi qui déclenchais par mon attitude une situation irrationnelle.

J'ai désigné sa partition, et j'ai dit avec la

conscience de parler faux, tel un innocent qui, mal préparé, comprend qu'il s'enfonce à mesure qu'il se défend :

— Je regrette, mais il n'y a rien sur cette partition. Elle est vierge.

— Oui.

J'ai marqué un temps, la gorge sèche. J'avais mal cuvé ma cuite de la nuit dernière et c'était vraiment tôt pour négocier avec l'absurde. J'ai répété, un ton au-dessus :

— Elle est vierge. Il n'y a pas de notes.

— C'est normal. Regardez le titre.

J'ai tiré vers moi le haut de la partition que me cachait l'abat-jour de ma lampe halogène. Au-dessus de la première portée vide s'étalait en lettres d'imprimerie, à l'encre violette :

LA MINUTE DE SILENCE.

J'ai laissé passer quelques instants, rythmés par les bruits de dilatation dans le radiateur électrique derrière moi, puis j'ai décidé que ma réaction concernerait non pas le titre du morceau, mais le nom de l'auteur qui s'étalait en dessous à gauche.

— C'est vous, Claude Germain ?

— En voilà une question ! Vous êtes nouveau, dites-moi.

— Non, madame ! Je travaille depuis deux ans au sein de la Sacem !

Son sourire s'est allongé. La raideur de mon ton faisait ressortir le ridicule des sifflantes que je venais de prononcer. J'ai rougi. Voilà qu'en trente secondes cette folle probable avait réussi à retourner la situation : c'est moi qui me retrouvais en train de me justifier. Elle a répliqué :

— Ce n'est pas grave.

Je me suis crispé d'un coup :

— Qu'est-ce qui n'est pas grave ? Que je travaille ici depuis deux ans ? Et qu'est-ce que vous en savez ?

— Je veux dire : c'est normal que vous ne me connaissiez pas, je ne viens jamais dans votre service. D'habitude, je monte directement au juridique.

Je me suis déplacé de côté dans ma chaise à roulettes, pour m'éloigner de la pile des enveloppes de dépôt, et je lui ai rendu sa partition d'un geste définitif. Elle a ouvert son sac et s'est mise à fouiller à l'intérieur. Je restais le bras tendu, la feuille en suspension au-dessus de ma pancarte « Renseignements ». J'aurais bien aimé être débordé, mais il n'y avait personne derrière elle et aucun travail en cours devant moi. J'ai quand même tenté le bluff :

— Écoutez, madame, la Sacem gère un volume de dossiers considérable et je n'ai pas de temps à perdre avec des plaisanteries.

— Je vous comprends.

Elle a cessé de fouiller dans son sac pour ajouter, ses yeux bleus dans les miens :

12

— Et je vous plains. Mais je suis sérieuse.

Une bouffée de colère est montée dans ma gorge :

— Ah bon ? Vous venez *sérieusement* inscrire au répertoire de la Sacem une œuvre sans partition ni texte intitulée *La Minute de silence* ?

— Oui. Avez-vous songé au nombre de fois où quelqu'un annonce devant un public : « Maintenant, nous allons observer une minute de silence » ? Et qui touche, dessus ? Personne. L'auteur est lésé.

J'ai ouvert la bouche mais elle m'a devancé en m'arrêtant du plat de la main, comme si je voulais lui resservir à boire :

— Ne vous méprenez pas, jeune homme ! Ce n'est pas une démarche égoïste que j'ai entreprise, ni une déclaration à but lucratif. C'est un combat symbolique, c'est tout. Au nom du droit d'auteur, cette belle notion inventée par notre Beaumarchais, et que le monde entier nous envie tout en essayant de la contourner.

Elle avait dû lire la brochure d'information. Néanmoins, j'en pris un exemplaire et le lui remis, en même temps que l'imprimé de déclaration et l'enveloppe de dépôt. Le meilleur moyen de se débarrasser des tordus est d'entrer dans leur jeu en leur donnant la marche à suivre.

— Vous remplissez le formulaire, vous le

glissez dans l'enveloppe avec la partition, et vous allez porter le tout au service juridique.

— Et ensuite ?

Je me suis levé pour prendre congé. Les documents dans ses mains, soudain perdue comme une touriste devant le plan d'une ville inconnue, elle implorait mon aide. J'ai improvisé, par gentillesse :

— Ensuite la Commission des admissions étudiera votre œuvre, pour vérifier si vous en êtes bien l'auteur, s'il ne s'agit pas d'un plagiat.

— Et ensuite ?

— Ensuite vous serez convoquée devant la Commission, qui jugera de vos capacités afin de vous admettre ou non au sein de la Sacem en tant qu'auteur-compositeur.

— Je passerai un examen ?

— Voilà. Un examen de silence.

Avec un sourire radieux, elle m'a tendu la main. Je croyais que c'était pour me dire au revoir, mais elle a emprisonné mes doigts entre ses paumes et m'a déclaré avec chaleur :

— C'est bien.

Comme si c'était moi qui venais de passer un examen. Avisant M. Bolmuth dans le couloir, j'ai retiré ma main en disant que je m'absentais un court instant. Son regard m'a suivi jusqu'au seuil.

— Et encore une coincée qui bloque la

fente, a râlé M. Bolmuth en me prenant à témoin.

Cet homme dispose d'un véritable arsenal de phrases hermétiques qu'il vous balance au visage au lieu de vous dire bonjour. De « Soi-disant que c'est fluide quand on écoute sur Fip » à « Question fibres, l'ananas, plus jamais », il vous rend complice, dès qu'il vous croise, de ses malheurs du matin, et vous soupirez d'un air solidaire qui ne fait que renforcer ses soupçons, quant à la conspiration ourdie contre lui par l'univers tout entier. M. Bolmuth est le directeur adjoint des Répartitions; il intrigue depuis dix ans pour être nommé aux Perceptions, dans l'illusion qu'on est moins emmerdé par les gens qu'on ponctionne que par ceux qu'on crédite.

Je lui ai répondu :

— Bonjour, monsieur Bolmuth.

— Vous avez un tournevis ?

J'ai cogné du poing contre la fente. La pièce de monnaie récalcitrante est tombée dans le distributeur de boissons qui s'est mis à produire un ronflement aigu. Puis j'ai pressé une touche pour offrir un café court sans sucre au sous-chef du service que j'espère bien intégrer un jour. C'est au cinquième étage et la vue sur la Seine est superbe.

— Vous avez entendu, monsieur Bolmuth ? Dans mon dos, la vieille dame en chapeau tyrolien... Encore une gogole qui va me gonfler pendant une heure.

Le visage rond à lunettes carrées s'est tourné dans la direction indiquée. En revenant vers moi, la mâchoire pendait et les sourcils ridaient le front par-dessus la monture en écaille.

— Une gogole ?

J'ai cru qu'il ignorait le mot, que c'était le fossé des générations. J'ai traduit :

— Une tordue qui s'est trompée d'asile. Vous ne savez pas ce qu'elle est venue déposer ?

M. Bolmuth m'a regardé avec horreur.

— Mme Germain-Lamart ? Une tordue ? Mme Germain-Lamart !

— Vous la connaissez ?

Il a crispé ses doigts sur mon avant-bras et m'a tiré derrière la plante verte pour glapir à voix basse :

— C'est l'ayant droit du Père Noël !

Devant mon incompréhension, il a vérifié que personne ne passait autour de nous, et il a articulé en plantant ses ongles dans ma veste :

— La veuve de Claude Germain, l'auteur de la *Lettre au Père Noël*, trente-cinq versions à travers le monde ! Vous savez combien ça génère de droits chaque année depuis cinquante ans ? Mais qu'est-ce que vous foutez à la Sacem ?

Je me suis retourné vers la vieille dame

debout devant mon bureau qui attendait sagement que je revienne, les mains croisées sur son petit sac en tapisserie verdâtre. J'ai murmuré :

— Excusez-moi.

— C'est à elle qu'il faut dire ça, malheureux, si jamais votre attitude a pu... Mais quel crétin ! C'est une chieuse de première, toujours sur le dos du juridique, un vrai cauchemar ! Tout le temps fourrée ici à nous déclencher des procès — vraiment c'était pas la peine de la provoquer ! Allez lui régler son problème illico, soyez tout miel et tapis rouge, et si jamais elle se plaint de vous, je vous préviens : vous êtes mort !

M. Bolmuth a tourné les talons pour s'engouffrer dans l'ascenseur. J'ai pris le café que je comptais lui offrir et l'ai avalé en trois gorgées, tout en réfléchissant au portrait contradictoire qu'il avait tracé de ma visiteuse. J'avais du mal à voir une millionnaire atrabilaire sous les traits angéliques de cette petite grand-mère cintrée dans son tailleur sans âge. Je suis revenu en boutonnant ma veste. Lorsque je l'ai invitée d'une voix exquise à prendre un siège, elle a poussé un soupir contrarié. Puis elle a plié sa partition en quatre et l'a glissée dans son sac en grommelant :

— Je vois que je suis démasquée. Tant pis. Nous allons jouer franc jeu : de toute façon vous m'avez donné ce que j'attendais. La première fois que je vous ai vu, j'ai été frappée par la ressemblance. La deuxième fois, je vous ai entendu consoler un clochard qui vous chantait *Carmen*, et j'en ai été toute remuée. Aujourd'hui, j'ai voulu tester votre réaction face à une situation surréaliste, et vous vous en êtes très bien tiré. Gentil, ferme, efficace et logique. Je peux donc vous faire ma proposition. Êtes-vous libre à déjeuner demain ?

Je me suis rassis, partagé entre la curiosité, les mises en garde de M. Bolmuth, le charme envoûtant de cette vieille dame et la gêne d'avoir été observé à mon insu. J'ai consulté mon agenda, pour avoir l'air d'un homme normal avec des rendez-vous, des invitations, des obligations, une vie privée. En fait je suis seul au monde à part mon chat, ma mère et des putes. Et encore. Le premier se fait vieux, la deuxième n'arrête pas de rajeunir et quand je dis « putes », je suis optimiste. Mais, l'un dans l'autre, il est difficile d'être aussi libre que moi. Un jour prochain, mon chat me quittera, ma mère, qui déjà me cache autant qu'elle peut depuis qu'on nous donne le même âge, finira par vaincre, en séances d'analyse, son sentiment de culpabilité face à l'indifférence qu'elle éprouve pour moi, et mon découvert chronique m'interdira de continuer à payer des verres aux filles des boîtes

18

de nuit en espérant qu'elles couchent. Je ne me plains pas. J'ai la vie que j'ai voulue. Du moins j'ai coupé les ponts qu'il fallait.

— Non, je suis désolé, ai-je dit en refermant mon agenda. Je suis pris.

— Vous le savez de mémoire ?

— Pardon ?

— Il n'y a rien d'inscrit, pour la journée de mardi. Elle est vierge.

Ce rappel de l'adjectif que je lui avais assené tout à l'heure m'a fait sourire. Je n'ai pas cherché à tricher. Je lui ai dit qu'elle avait une bonne vue.

— Non, malheureusement : je suis coquette. Mais je ne supporte pas mes lentilles, je ne les mets que pour venir ici... Voyez, je n'ai pas de secrets pour vous. Je vous attends donc demain, 92 avenue Foch, à midi. Oh, je vous rassure : ce n'est pas pour moi.

Ce sursaut de pudeur ou de nostalgie m'a bizarrement ému. Je lui ai demandé pour qui, alors, elle m'invitait. Elle a plaqué sur mon bureau une photo sortie de son sac. J'ai sursauté. C'était moi. Du moins c'était *presque* moi. Ç'aurait pu être moi. Ou mon père, à mon âge. En noir et blanc, sanglé dans un uniforme, les cheveux coupés ras et l'air encore moins content de soi — mais la même forme de visage et le même dessin de sourcils. Devant ma stupeur, elle a éprouvé comme un besoin de nuancer la ressemblance :

— En couleurs, c'était beaucoup moins vous.

Le fait d'avoir exhibé cette photo ancienne semblait l'avoir rajeunie d'un coup. Elle n'était plus une vieille dame excentrique, mais une amoureuse intacte, sérieuse, précise. Dans son regard, je me voyais comparé, mesuré, confronté avec ses souvenirs d'un autre, et je ne me sentais pas vraiment à mon avantage. Alors mes paroles ont dépassé ma pensée et je me suis entendu dire une chose assez curieuse :

— C'était quelqu'un de ma famille ?

Elle a eu un regard pour la pancarte « Renseignements » posée devant moi.

— Je ne sais pas. Comment vous appelez-vous ?

— Thomas Vincent.

— Dans quel ordre ?

— Celui-là.

Elle a contemplé le visage de *l'autre*, comme si la réponse à ma question s'y trouvait.

— Lieutenant Charles Aymon d'Arboud, chef d'escadrille de l'OTAN, mort pour l'Europe en Bosnie. Ça vous dit quelque chose ?

J'ai secoué la tête. J'ai précisé que Vincent était le nom de ma mère et que mon père naturel s'appelaît Magiloz, mais que de toute façon il était décédé et qu'il n'y avait plus personne de son côté. Sans paraître accorder beaucoup d'attention à mon livret de famille, elle a enchaîné :

— Avez-vous une femme dans votre vie, en ce moment ?

J'ai répondu non, ce qui était une forme de vérité. J'avais toujours eu des tendances monogames, mais, depuis que j'étais revenu à Paris, mes réflexes de fidélité ne consistaient plus qu'à employer une marque de capotes différente avec chaque fille. Comme la ressemblance que je leur infligeais, en les traitant toutes de la même manière, rendait mes nuits d'amour aussi répétitives que mes journées, j'avais fini par essayer la chasteté, l'été dernier. Ce n'était pas plus gai, mais c'était moins triste. J'avais tenu trois semaines.

— Quoi qu'il en soit, a dit Mme Germain-Lamart, vous serez beaucoup mieux avec les cheveux courts.

Il y avait de la consolation dans sa voix. Avant que j'aie eu le temps de réagir, elle a posé une seconde photo sur mon bureau, tout à côté de la première. Une fille en noir et blanc, elle aussi, à peu près du même âge, avec le plus beau visage que j'aie jamais vu, même à l'envers. J'ai quand même tourné l'image dans ma direction, l'air machinal, sans engagement de ma part. Elle a dit :

— Ma fille. Le traumatisme a bloqué son esprit : elle n'a jamais admis la mort de Charles, et elle attend toujours qu'il revienne. Je ne sais pas ce que j'espère. Un électrochoc, ou une confirmation... Une lueur de bonheur dans ses yeux. Que peut-on appeler « guérison », dans son cas ? Le retour brutal à une réalité sans espoir ? Ou l'accompagnement de son rêve ? Je ne sais pas... Je ne sais vraiment pas. Mais je ne peux plus rester sans rien tenter. Je ne suis pas éternelle, malgré les apparences. Je vous laisse son journal intime, pour que vous ayez une idée de l'homme qu'il était. Apprenez quelques détails, quelques expressions... Je vous ai joint une fiche sur ses goûts, et la dernière lettre qu'il a envoyée à Hélène. Pour le reste, vous improviserez : je vous fais confiance.

Elle a repris la photo de sa fille, a déposé à la place un paquet fermé par des élastiques, et une petite enveloppe. Puis elle s'est levée, sans même me demander si j'acceptais sa proposition. D'ailleurs j'aurais été incapable de le dire : je n'en savais strictement rien. J'ai lancé, autant pour la retenir que pour sonder mes intentions :

— Et la voix ?

— Ça ira. De toute manière, il ne disait pas grand-chose. Il était assez bête, vous

22

verrez. Mais on ne peut rien contre l'amour.

Elle s'est dirigée vers la sortie sans me dire au revoir. Ses jambes étaient d'une finesse incroyable, malgré les talons plats et le collant de laine. Je suis resté seul avec le visage du militaire abandonné sur ma table. Le premier sentiment que j'ai pu clairement définir était une sorte d'humiliation. Pourquoi avait-elle émis un tel jugement ? Aucune bêtise n'émanait de ces traits tendus, de ces yeux marqués par des soleils précoces, des plis d'enfance ; ces rides de rire que, moi aussi, j'avais conservées dans une vie où je ne riais plus guère.

J'ai ouvert la petite enveloppe. Elle contenait un chèque de vingt mille francs, sans ordre.

Je ne suis pas allé en boîte, le soir. C'était la première fois depuis des mois. La neige me manquait tant, j'éprouvais une telle nostalgie pour le Grand-Bornand, les chiens d'avalanche et le ski hors piste que je passais presque toutes mes nuits en discothèque. Dans mon exil parisien, c'étaient les seuls moments où je pouvais me croire encore à la montagne. Mêmes visages clignotant sous les spots, mêmes rituels, mêmes sonos, même excitation, mêmes rencontres... Les petits matins étaient ce qu'ils étaient, les retours à la surface dans l'aube crasseuse du Quartier latin diluaient l'illusion dans une détresse encore plus lourde, mais de toute façon, depuis deux ans, j'étais insomniaque. Alors qu'importe si je rentrais seul, huit fois sur dix : c'était autant de gagné sur les nuits blanches.

J'ai appelé mon chat, sans résultat, puis j'ai refermé le vélux et j'ai monté le chauffage. Quelle que soit la saison, je laisse ma lucarne entrebâillée pendant mon absence, pour que Jules ait sa liberté de manœuvre. Quand il en a marre de se battre avec les autres matous des chambres de bonne, il revient miauler, je lui ouvre et je me recouche. Nous avons des liens tout simples, des rapports de mâles qui me conviennent très bien : respect du territoire, solidarité mutuelle et tendresse réservée aux soirs de blessures. Il pisse dans sa caisse et je la vide, il se fait dérouiller et je le soigne, je le nourris de boîtes ou de croquettes et il me rapporte les pigeons qu'il attrape. Je fais semblant de m'extasier, je dispose dans le congélateur, avec des égards ostentatoires, les volatiles que je balance au vide-ordures dès qu'il a le dos tourné ; il rentre me consoler lorsque j'ai un coup de cafard devant la télé éteinte et quand je ramène une fille, il sort. Je l'ai recueilli en lambeaux, à demi noyé dans ma gouttière, le jour où j'ai emménagé. Il lui a fallu près d'un an pour accepter ma présence chez moi. Le temps que j'apprenne à me passer de mes chiens.

A dix-neuf heures, je me suis fait une raclette individuelle au micro-ondes, et je me suis mis au lit avec le journal intime du type que j'étais censé incarner. La folie de la situation s'était rapidement éventée ; il ne restait plus qu'un défi à relever, un salaire exorbitant à mériter de mon mieux. Le lieutenant Aymon d'Arboud raffolant du champagne rosé, d'après son mode d'emploi, je m'en étais offert une bouteille chez l'épicier d'en face, et j'apprenais par cœur son destin en buvant au goulot.

Sans me vanter, ce gars était assez fascinant. Origines certaines, appellation contrôlée, sens de l'honneur, dévouement, contradictions à la pelle : catholique divorcé, un enfant et deux maîtresses dont la mienne — je veux dire : Hélène. Politiquement correct et sexuellement douteux, si j'en croyais son journal, calligraphié avec un soin maniaque, une orthographe approximative et un style de carte postale. « Nous voici au camp de Tar el-Mahta. Superbe oasis plantée de palmiers séculaires. Accueil sympathique, mais la base est favorable au général Aoun, que la France vient de décider de lâcher sur pression de la Syrie. La tempête de sable fait rage... » Des coups de blues ponctuels, des élans humanitaires sans lendemain, des incidents mécaniques relatés dans leurs moindres détails et des états d'âme du genre « Que fait l'OTAN ? ».

Si nous avions un point commun, tous les deux, c'était bien la discordance entre nos vies intérieures et le rôle que nous tenions dans la société. Ceux qui m'avaient connu premier en tout au lycée Marcel-Roby de Saint-Germain-en-Laye ne pouvaient concevoir que j'aie plaqué mes études pour devenir guide de montagne, et personne au Grand-Bornand ne s'expliquait comment le roi du surf, le héros des sommets avait pu retourner s'encroûter en Île-de-France. De la même manière, Charles Aymon d'Arboud, vicomte d'avant-garde, officier pacifiste, amoureux infidèle et constant, semblait mettre un point d'honneur à provoquer toujours l'incompréhension générale. Ça ne l'avançait guère, et moi non plus.

Après vingt pages de carnet, j'étais incollable sur le drame libanais, les paysages de la Bekaa et les problèmes du réservoir pendulaire gauche sur le Mirage IV, mais l'être humain caché derrière les pleins et les déliés de ce papier quadrillé m'échappait toujours. S'il avait un secret, il était bien gardé, et s'il n'était pas malheureux dans ses histoires d'amour, c'était bien imité. Trois femmes se partageaient ses pensées sous forme d'initiales, entre les missions de reconnaissance, les analyses de conflits et les récriminations contre les avions Dassault... I. lui manquait, depuis leur divorce, G. ne serait pas à Paris lors de sa perme, et H. ne répondait pas à ses lettres. Quant à R., qui devait être son fils, il se demandait comment il vivait son absence, si c'était une bonne chose pour lui et de quelle manière I. entretiendrait sa mémoire en cas de malheur. Charles ne se faisait pas d'illusions. D'ailleurs, pour l'essentiel, il parlait déjà de lui au passé. Mais c'était peut-être simplement le fait d'écrire toujours les événements et les pensées de la veille.

Après un silence de vingt-huit mois, et de brèves réflexions sur l'entêtement des Serbes et la difficulté de communiquer avec son père au sujet de la Bosnie, son journal s'achevait, curieusement, sur le premier futur employé depuis le début de ma lecture : « Je ne sais pas quand je reviendrai. » Le lendemain, il était mort.

Ayant terminé son carnet intime et vidé la bouteille de champagne rosé, j'ai estimé qu'on se connaissait assez pour que je puisse ouvrir son courrier, et j'ai pris l'enveloppe jaune marquée « Lettres de Charles ». Elle ne contenait qu'une feuille arrachée à un cahier d'écolier.

Hélène,
mon amour solitaire, mon ange absent,
Ce sera ma dernière lettre, et tant pis si elle t'importune comme les autres ou si tu ne la reçois pas. Les combats s'intensifient, nous sommes pris en sandwich entre les Serbes et les Croates, personne ne comprend notre action, nos responsabilités sont écrasantes et nos pertes sensibles. Je ne connais pas l'issue de ce

conflit, ni les raisons qui dicteront la position de l'OTAN. Mais je dois me consacrer à mes hommes, et te sortir de ma tête. Je n'ai aucune rancune envers toi : je ne peux m'en prendre qu'à moi-même si je t'ai aimée comme je t'aime. Sois heureuse, tu le mérites, et rends heureux un autre homme : c'est mon vœu le plus cher. Pourquoi ce bout de poème de L.-P. Fargue m'a-t-il tellement ému, déjà, à huit ans, quand on me l'a fait apprendre ? « Et peut-être qu'un jour, pour de nouveaux amis, Dieu tiendra ce bonheur qu'il nous avait promis. »

Charles.

Dix fois, j'ai relu cette page de cahier avec la même anxiété, le même soin que je mettais à vérifier chaque mot, jadis, avant d'envoyer mes lettres d'amour. Je n'ai écrit qu'à une seule fille, dans ma vie. Pendant trois ans. On se voyait le week-end, en station, et elle me lisait dans la vallée en semaine. Virginie. Elle aimait que je lui fasse l'amour dans un miroir. Elle jouait de la guitare, elle composait et j'écrivais des paroles sur sa musique. Entendre mes mots recouvrir ses notes était aussi excitant que la faire crier dans son reflet. Elle m'a quitté pour épouser quelqu'un de sérieux; j'ai gardé le miroir. Et c'est un peu à cause d'elle que je me suis fait engager à la

Sacem. Pour l'illusion de me dire qu'un jour elle renoncerait à sa carrière au Crédit mutuel d'Annecy, qu'elle divorcerait de son agent d'assurances, qu'un producteur lui ferait signer un album et qu'elle viendrait déposer ses chansons dans mon service.

Tandis que je repliais la lettre de Charles, j'essayais d'imaginer les réactions de la destinataire, en découvrant ces phrases que j'avais le sentiment, à présent, d'avoir écrites dans une autre vie.

Un peu avant minuit, je me suis endormi, la tête pleine d'initiales, de femmes aux visages changeants et de Mirage qui s'écrasaient dans mes montagnes adoptives.

Un cri rauque m'a réveillé en sursaut, une cavalcade sur la tôle au-dessus de ma tête. J'ai couru à ma lucarne, j'ai appelé Jules. Il lui reste trois dents, un œil et la peau sur les os : à son âge, il n'est plus de taille à lutter contre le jeune siamois de l'immeuble voisin, et chaque nuit je me dis qu'il va mourir au combat, cet abruti. Au moment où j'ouvrais le vélux, j'ai vu dégringoler à trois mètres de moi le corps aux pattes raidies qui donnait des coups de griffe dans le vide. J'ai tendu les bras, mais trop tard : Jules a basculé par-dessus la gouttière dans un miaulement de colère.

En blouson et pyjama, j'ai dévalé les six étages, puis je suis remonté lentement avec le petit corps tout mou, tout léger, tout trempé de sa dernière bagarre. Ça n'enlevait rien à mon chagrin, mais il avait eu la fin qui lui ressemblait. Nos deux années communes s'achevaient dans ce geste incongru : jamais il ne s'était laissé prendre dans les bras. Vieux sauvage qui m'avait adopté à la longue, sans cesser d'être lui-même. Tout à l'heure, j'irais l'enterrer discrètement au square d'en face, où les animaux sont interdits de leur vivant.

En me glissant sous la douche, je me suis dit qu'il avait au moins quinze ans, que je m'étais préparé cent fois à ce qui venait d'arriver et qu'il ne fallait y voir aucun signe, aucun lien avec l'irruption de ce Charles dans ma vie. Ce n'était qu'un personnage que je devais interpréter. Une vague ressemblance qu'on me demandait d'entretenir. Une illusion qu'il m'appartenait de créer.

L'immeuble était banal, typique des années soixante avec ses stores en bois vernis et ses loggias. Aymon d'Arboud Odile habitait le troisième gauche, d'après les indications de l'interphone. Sur le minitel, c'était la seule personne à porter ce nom dans le pays, en dehors de la liste rouge. Je ne savais pas ce que j'allais lui dire. J'hésitais à presser le bouton qui jouxtait l'étiquette, découpée dans une carte de visite. Il y avait des petits dessins à la suite du nom : une étoile, un oursin et des palmes, symboles probables de décorations qui ne m'apprenaient rien. C'était peut-être sa mère, sa sœur ou une cousine. Loin de me conforter dans mon rôle, l'image que me renvoyait la porte vitrée décuplait mon trac. Le coiffeur inconnu à qui, une heure plus tôt, j'avais confié ma tête et la photo servant de modèle ne m'avait fait qu'une seule réflexion : « Vous avez raison de revenir à cette longueur. »

Un couple sortit de l'immeuble, me dévisagea d'un air incertain, me laissa un instant la porte ouverte puis renonça, comme je ne bougeais pas. J'attendis qu'il ait tourné le coin du boulevard Pereire, puis je repartis dans l'autre sens. Ce n'était pas auprès des siens que je devais tester ma ressemblance avec Charles, prendre des renseignements supplémentaires et m'imprégner de l'âme d'un lieu. Je m'étais déjà fabriqué, à partir de son journal, des nostalgies, des complexes, des révoltes; une jeunesse sous les drapeaux. Le reste, je le trouverais tout à l'heure, dans le regard de la femme qui le croyait toujours en vie. La seule chose qui me manquait, d'ici là, c'était son uniforme.

Je me rendis boulevard Victor, dans les locaux de l'armée de l'air, où mon expédition se borna à discuter avec le gradé du bureau d'accueil. Sa pancarte était du même genre que la mienne. On y lisait « Informations » au lieu de « Renseignements », mais la couleur était semblable. Comme moi, apparemment, sa mission consistait en premier lieu à dissuader les postulants indésirables. Son visage se radoucit lorsque je lui dis que je ne souhaitais pas devenir aviateur, mais que j'étais metteur en scène et que je montais une pièce contemporaine retraçant la vie héroïque d'un lieutenant chef d'escadrille. Comment pourrais-je me procurer un uniforme ? Très charmant, il me conseilla de remplir une demande adressée au département Relations publiques du SIRPA, avec motivations, justificatifs, dossier complet sur le projet, texte de la pièce et description du costume sollicité. Lui-même adorait le théâtre ; il avait vu la semaine dernière la comédie musicale au Palais des Congrès sur la guerre d'Algérie, et se ferait une joie de recevoir une invitation à mon spectacle. Il était dix heures cinq. Je le remerciai de son aide et pris le métro pour rejoindre mon unité de renseignements à la Sacem.

Dire que mon nouveau look fit sensation auprès de mes collègues de bureau serait excessif. Je n'intéressais pas suffisamment l'entourage pour que ma coupe de cheveux cause un bouleversement quelconque dans la vie du service : on ne me parla que de mon retard, événement bien plus considérable après deux ans de ponctualité maladive. L'indifférence que je suscitais, comme à l'accoutumée, ne m'atteignait pas : au temps où je régnais sur les sommets, j'allumais avec mon équipement fluo des myriades de skieuses qui, dans les boîtes où je leur donnais rendez-vous le soir, ne me reconnaissaient jamais. Ça ne me consolait pas de mon isolement actuel, mais ça m'y avait préparé.

Formalités de dépôt, réclamations, demandes d'avances sur la répartition de janvier... Dans le fond sonore des questions auxquelles je répondais par des formules rituelles, une excitation de plus en plus forte me gagnait au fil des minutes. Je sentais mes paroles répétitives tourner autour des pensées d'un autre, que je révisais soigneusement pour m'en faire des souvenirs. H., I., G., R., Liban, Mirage, OTAN, Bosnie : peu à peu Charles prenait corps. Les déductions qui naissaient des sentiments inachevés que j'avais lus dans son journal intime me surprenaient par leur logique, leur résonance avec ma solitude présente. Son ex-femme s'était certainement remariée, son petit garçon disait « papa » à un autre, Odile devait être une accro du prie-Dieu qui l'avait blâmé de son vivant et travaillait désormais à son salut en l'enfermant dans un chapelet, meublant son purgatoire de rancœurs recuites. A l'exception d'Hélène qui le croyait toujours de ce monde et lui reprochait sans doute son silence, plus personne ne s'intéressait à Charles. Je le sentais content d'être venu se poser en moi. Une sorte d'escale de ravitaillement, qui peut-être sauverait son âme à court d'amour... Je me voyais devenir son bienfaiteur. Mais ce serait peut-être le contraire : qui de nous deux avait le plus besoin de l'autre, qui de nous deux était le plus en danger ?

C'est en rencontrant mon sourire dans la glace des toilettes « hommes » que je mesurai, soudain, combien j'étais heureux d'offrir l'hospitalité à un sans-abri, et de refaire mon intérieur pour qu'il s'y sente chez lui.

C'est la troisième fois que je sonne. Le carillon rend un son fêlé, désaccordé, poussif. J'ai apporté un bouquet de roses hors de prix qui a un peu souffert dans le RER. Je redonne du volume à l'emballage, tout en finissant de frotter mes semelles sur le paillasson à initiales. Les deux premières lettres sont quasiment effacées par des générations de visiteurs. Il pleut, et j'ai déposé de part et d'autre du L la boue récoltée sur le terre-plein de l'avenue Foch, tout à l'heure, quand je cherchais le 92 entre les marronniers, les ambassades et les travelos. D'un certain point de vue, la pluie m'arrange ; mon imperméable m'a permis de dissimuler, jusqu'à présent, l'uniforme qui m'engonce. En principe il devrait m'aider à composer mon personnage, mais je crains plutôt qu'il ne me trahisse : la mode a sans doute changé, depuis la guerre d'Algérie.

— Une minute, merde! lance un homme exaspéré, dans les profondeurs de l'appartement.

Je retire mon doigt de la sonnette. La voix n'est pas vraiment conforme au standing de l'immeuble, pâtisserie des années trente décorée de dorures tourmentées et de sirènes cambrées soutenant les balcons. Une odeur de serre humide et chaude emplit ce qui ressemble davantage à une entrée de musée qu'à un hall d'immeuble. Le sol est un parquet usé, constellé de rayures noires et de chiures de pigeons : il y a des trous dans la verrière cathédrale qui surplombe le quatrième étage. L'escalier monumental recouvert d'un tapis terni s'enroule autour d'un lustre en cristal qui doit nécessiter une grue quand on change une ampoule.

Bizarrement, on entre dans ce palais comme on veut : ni interphone ni code, ni serrures ni concierge. Tous les volets sont fermés, à part ceux du rez-de-chaussée gauche, derrière les grilles à thuyas qui l'isolent du trottoir. Autour de moi, les murs sont creusés de niches vides où des rampes en laiton éclairent l'emplacement des statues qu'on a dû voler ou vendre. Cet immeuble est en sursis, je le sens, condamné par un promoteur qui attend qu'on lui délivre un permis ou que le marché reprenne.

La porte s'ouvre sur un petit maître d'hôtel essoufflé qui s'essuie le front, puis me dévisage de la tête aux pieds avec un soupir consterné. Machinalement, j'ai claqué les talons. Sur le paillasson, ça produit un son mou. La voix raide, je me présente :

— Lieutenant Charles Aymon d'Arboud.

— Je sais, réplique-t-il, très sec. Ne faites pas de bruit : Madame Edmée se repose.

Il referme la porte avec soin dans mon dos. Sans proposer de prendre mon imper ni s'occuper de mes fleurs, il tourne les talons et s'éloigne dans le couloir, un long boyau incurvé au fond duquel doit se cacher la cuisine. Quelque part dans l'appartement, une horloge sonne midi. Je me suis déjà trouvé dans des situations plus embarrassantes, mais j'avais les moyens d'y faire face. Aucune réaction logique ne me venant à l'esprit, je demeure au milieu du vestibule, les bras ballants, le bouquet en berne.

Une porte s'entrebâille à ma droite, et Mme Germain-Lamart passe la tête dans l'embrasure.

— Vous êtes ponctuel, me dit-elle sur un ton de reproche.

— Pardon.

— Il faut se faire désirer, dans la vie, mon ami. Venez me boutonner, puisque vous êtes là.

J'entre à sa suite dans une sorte de

38

bureau encombré de paperasses et de cartons qui évoque l'arrière-boutique d'un brocanteur. D'un geste élégant, elle rabat le plaid sur l'oreiller qui transforme en lit un divan de salle d'attente, puis me présente sa nuque. Je pose mon bouquet sur un coin de table, et je ferme le haut de sa robe.

— Je mets en ordre ma succession, s'excuse-t-elle. Enfin, quand je dis « en ordre »... J'y passe la nuit et je tombe comme une masse à l'aurore. J'aurais dû vous inviter un autre jour, mais demain c'est impossible et j'étais si pressée. Merci pour les fleurs, j'adore cette couleur.

Elle pivote sur ses talons aiguilles, défait mon bouquet et dispose les tiges dans un vase. Je me permets de remarquer que les roses étaient plutôt pour sa fille.

— Non. Charles apportait toujours des fruits confits. J'ai dû oublier de vous le dire. Ce n'est pas grave : il m'en reste.

Elle désigne dans une alcôve un paquet emballé dans du papier orange, avec une faveur bleue.

— Ils ont sept ou huit ans — rassurez-vous : Hélène a horreur de ça. Elle est comme moi, elle préfère les fleurs. Mais vous êtes si mignon avec votre ballotin : on n'a jamais osé vous le dire. Mon maquillage ?

Elle m'interroge du regard, le geste en suspens, inquiète.

— Le rimmel, ça va ? Mes yeux ne suivent plus, et je ne peux rien demander à Pierrot, ce matin : cette invitation le met dans tous ses états.

Je lui réponds que son maquillage est parfait. Son visage s'illumine, justifiant mon mensonge. Elle sort de la poche de sa robe une photo de Charles dans un médaillon, et me compare avec l'original. Une moue d'approbation pour l'effort que j'ai fourni, un haussement de sourcils dubitatif quant au résultat, puis, d'un geste de la main par-dessus l'épaule, elle conclut :

— On a fait ce qu'on a pu. De toute manière...

Avec une application destinée peut-être à diluer son pessimisme, elle vide une bouteille de Contrex dans le vase, y plonge un cachet d'aspirine en me confiant :

— Toujours, pour les roses. Ça augmente leur espérance de vie.

Elle se met soudain sur la pointe des pieds, comme une petite fille, les mains dans le dos, et me déclare qu'elle a quatre-vingt-quatre ans. Pris de court, je lui dis bravo. Elle s'assombrit :

— Il n'y a vraiment pas de quoi.

— Je veux dire : vous ne les faites pas.

— Et vous croyez que ça me console ? Enfin, vous êtes gentil, c'est l'essentiel. Vous êtes mon cadeau, en fait. J'ai voulu égayer un peu cet anniversaire.

Je fronce les sourcils. Écartant les pans de mon imper avec perplexité, elle me demande où j'ai trouvé cet uniforme. Je lui raconte mon crochet par le Palais des Congrès, tout à l'heure, sous prétexte d'un contrôle des bandes orchestrales. Le concierge m'a ouvert la porte au vu de mon badge anonyme « Sacem », et je n'ai eu aucun mal à piquer un costume en attente de repassage dans une loge d'habilleuse. La veste et le pantalon noués autour de la taille, j'ai pu ressortir sans encombre en déclarant que le contrôle était négatif, et je renverrai l'uniforme par coursier, après le déjeuner.

— Parce que vous comptez vous envoler si vite ?

Je marque un temps. Elle sourit, en déposant une main fraîche sur ma joue.

— Je plaisante. Vous êtes libre, bien sûr. Mais ils ont sûrement les costumes en double, dans ce genre de théâtres. Comment font-ils, sinon, quand ils se tachent ?

Elle ôte mon imper, examine mes manches et me signale que j'ai des galons en trop.

— Vous étiez lieutenant : je n'ai pas dit colonel.

Dans un réflexe de bonne foi, je riposte qu'elle n'avait qu'à me donner une photo de profil. Son sourire intéressé me fait comprendre que j'ai dit quelque chose d'absurde.

— Ce n'est pas une photo de profil qui aurait diminué le grade du chanteur, si ?

Je réponds non de la tête, gêné tout de même que l'acte insensé que j'ai commis pour lui faire plaisir n'ait pas mieux servi ma vraisemblance.

— Allons fêter votre avancement.

Elle me met le ballotin de fruits confits dans les mains et me prend le bras pour sortir du bureau. Le contact de ses doigts me donne une émotion inattendue. Le charme qui émane d'elle, à chacun de ses gestes, la sensualité intacte malgré les rides et les fêlures de la voix me rendent heureux, je ne sais pas pourquoi. Une jubilation douce, une revanche sur la vie, le temps, l'injustice, les gens normaux qui vont dans le sens du vent. Je n'avais jamais imaginé qu'une vieille dame puisse être aussi délicieusement femelle. Je manque d'expérience, c'est vrai. Ma grand-mère faisait cent kilos et Mlle Herbelin, ma chef de service, est une sangsue hargneuse en forme de point d'interrogation.

— J'ai le trac, m'avoue-t-elle en ouvrant dans le vestibule une porte à double battant.

— Moi aussi, un peu...

Elle baisse la voix pour ajouter :

— Vous avez déjà fait l'amour ensemble,

mais vous lui dites vous, devant moi. Je ne suis pas au courant.

Nous entrons dans un immense living jaune sale donnant sur le jardin. De grandes zones plus claires remplacent sur les murs les tableaux et les meubles. Un canapé affaissé et une desserte en verre délimitent le coin salon. Vingt mètres plus loin, une table ronde recouverte d'une nappe blanche amidonnée. Trois couverts. L'argenterie et le cristal scintillent autour de la jeune femme assise devant son rond de serviette. « Mon ange-absent », murmure en moi la voix de Charles. Elle est aussi belle que sur sa photo, mais ma première réaction est un sentiment de déception : en couleurs, elle est rousse. Je me reprends très vite. J'ai toujours décrété que j'aimais les blondes, c'est vrai, mais après tout je n'ai jamais connu que des brunes. Et puis c'est un roux très clair, très pâle : on dira que c'est un blond vénitien. De toute manière, ce n'est plus moi qui suis en cause. Charles avait certainement bon goût ; laissons-le déteindre.

— Tu as vu qui est là ? lance gaiement Mme Germain-Lamart.

Sa voix sonne tellement faux que je me sens rougir. Hélène pose sur moi son regard sombre. Le sourire qui écarte ses lèvres me paraît tout aussi artificiel. Dans l'instant je me dis qu'elle ne me reconnaît pas. Je ne suis pas ressemblant. A la déconvenue que j'éprouve, je mesure à quel point je me suis investi dans cette imposture.

— Vous êtes revenu, murmure Hélène en m'observant.

Edmée Germain-Lamart se tourne vers moi. De soulagement, j'ai lâché un « Ah ! » qui, je m'en rends compte, doit paraître déplacé. J'avale ma salive. Elles attendent que j'exprime un sentiment, que je ponctue la situation, que je me positionne. Allongeant le bras, je dis :

— J'ai apporté des fruits confits.

Ma voix me surprend. La raideur triste, le sens du devoir, du dérisoire revendiqué ; l'amour sans retour qui crie au secours sous la banalité de l'intention — je me sens d'une justesse confondante. Ce n'est pas seulement la voix de Charles qui s'exprime par ma bouche, c'est sa détresse, sa passion, son sens de l'échec qui m'envahissent. J'ai toujours été caméléon. Au contact de mon père naturel, je suis devenu montagnard ; Virginie, si elle était restée compositrice, aurait fait de moi un parolier. Mais quelque chose m'arrête. Jamais Charles n'aurait toléré qu'on revienne vers lui simplement parce qu'on a perdu la mémoire. Je ne peux pas profiter de l'état d'Hélène. Surtout si elle est devenue folle pour refuser de se sentir responsable de ma mort.

L'ange absent me fixe avec attention, tandis que je tiens toujours mes fruits confits, puis soudain éclate de rire dans sa serviette. Un rire cascadant, dévastateur, totalement inadapté à son allure sage et sa blancheur de convalescente. Sa mère revient vers moi, arrondit ses lèvres en baissant les paupières, apparemment satisfaite de la réaction que j'ai déclenchée, murmure :

— Embrassez-la.

Je contourne la table, lentement, suivi par les yeux rétrécis d'Hélène qui cache toujours sa bouche derrière sa serviette. Sa jeunesse évidente me pose un problème. C'est le genre de fille qui a trente ans et qui en paraît vingt parce qu'elle n'y pense pas. Mais si sa mère est octogénaire, à quel âge l'a-t-elle eue ? Certainement, l'une des deux triche avec le temps : les apparences mentent dans un sens ou dans l'autre. A moins qu'Hélène ne soit adoptée. Quand je suis à deux pas de sa chaise, elle me tend le dos de sa main. J'y dépose les lèvres, sans savoir si dans leur milieu on fait entendre ou non le son du baiser. Dans le doute, je bruite.

— Smack, répercute sa mère. Il n'a pas changé. En revanche, regarde : il a pris du grade.

Hélène hoche la tête en direction de ma manche, et repose sa serviette sur ses genoux, tout en mordant ses lèvres. Je vais me replacer derrière ma chaise, attendant que la maîtresse de maison s'installe.

— Tu ne lui dis pas bravo ?

— Si, bien sûr, répond Hélène.

Le silence retombe autour de nous. Il y a une gaieté incroyable dans sa voix. Contenue, maîtrisée, mais prête à déborder au moindre incident. Et, en même temps, une telle tristesse dans ses yeux...

— Bon, je vais voir où en est Pierrot, déclare la vieille dame sur le ton qu'on emploie pour conclure un débat.

Elle sort par la porte du fond, qu'elle referme derrière elle.

— Bravo, me dit Hélène à contretemps.

Je soulève les épaules avec une moue, d'un air modeste. Elle baisse les yeux, joue avec son rond de serviette. Je me racle la gorge, toujours debout, m'appuie élégamment d'une main sur la table pour me donner une contenance.

— Attention ! lance soudain Hélène, en rattrapant vivement la carafe de vin.

J'ai senti basculer le plateau. Sous la nappe brodée raidie par l'amidon, il n'y a semble-t-il qu'un rond de contreplaqué posé sur des tréteaux. Je rétablis l'équilibre. Hélène allonge le bras pour remettre à leur place les couverts qui ont glissé. Je redresse mes trois verres, rectifie l'alignement de mes deux fourchettes.

— A la française, s'il vous plaît, me dit-elle.

Je suis son regard, compare ma disposition avec la sienne. D'un mouvement naturel, je retourne mes fourchettes pour que les dents touchent la nappe.

— Merci. Vous me direz : quand on se bat dans les forces de l'OTAN, c'est normal de mettre le couvert à l'anglaise, mais la famille est française et les armoiries sont de ce côté-ci du manche.

Je réponds bien sûr, pour effacer mon bref instant de distraction, me penche sur mon couteau à viande. Une fleur de lys et une griffe de lion sont gravées dans un blason barré d'une double bande. Ça me rappelle que moi aussi, maintenant, je suis noble. D'un ton pénétré, je m'identifie :

— C'est toujours émouvant de manger avec les couverts de nos ancêtres.

— Sûrement. Je les ai achetés aux Puces.

J'émets un léger rire distingué, au cas où ce serait de l'humour. Elle enchaîne, le menton posé sur ses mains jointes :

— Comment va ta femme ?

C'est vrai qu'on peut se tutoyer, maintenant qu'on est seuls. Mais je croyais que j'étais divorcé. Peut-être que son esprit s'est bloqué dans le temps à un moment où je n'étais pas encore séparé d'I. Je réponds, avec toute la neutralité souhaitée :

— Pas mal, merci.

Elle hoche la tête. J'ajoute, poliment :

— Et toi, tu vas bien ?

— On fait aller.

L'intelligence qui brille dans ses yeux, l'ironie qui module sa voix me mettent mal à l'aise. Elle n'a pas l'air folle du tout. On dit que ce sont les pires.

— A ton avis, quels sont mes sentiments pour toi, Charles ?

Impossible de savoir si je passe un test ou si elle m'avoue une absence. Debout en face d'elle, j'ai vraiment tout du militaire au rapport. Je me creuse, rassemblant la maigre documentation dont je dispose sur notre histoire d'amour. Elle baisse le front, redoutant peut-être ce qu'elle va entendre. Alors je me lance, d'une traite :

— Je pense que tu m'en veux d'avoir fait le mort, mais ce n'était pas pour te reprocher ton silence. Non. C'était pour que tu fasses ta vie, que tu rendes heureux un homme qui soit digne de toi. Moi je ne pouvais pas encore me séparer de ma femme, à cause de notre fils, et puis les combats s'intensifient en Bosnie, on ne connaît pas l'issue du conflit, ni les raisons qui dicteront la position de l'OTAN... Et puis c'est vrai que le temps passe, me justifié-je en désignant les cinq barrettes sur ma manche, et puis...

— Et puis le réservoir pendulaire, sur les Mirage IV, c'est toujours un problème.

Je m'interromps, coupé dans mon élan. Elle me connaît par cœur. Mes phrases si sincères à l'écrit se sont couvertes de ridicule dans son regard. Mme Germain-Lamart avait raison, hier matin : je suis bête.

— Pardonne-moi, dit-elle avec un sourire de petite fille qui a voulu voir jusqu'où elle pouvait aller trop loin. Tu penses que je t'aime encore ?

Je soupire, plus déçu que je ne l'aurais imaginé :

— J'ai bien peur que non.

— Tu as tort. Que comptes-tu faire de nous, à présent ?

Je reste muet. Je n'ai travaillé que le passé, depuis vingt-quatre heures. A aucun moment je n'ai songé que Charles avait *aussi* un avenir, que les projets faisaient partie de mon rôle.

— Si tu as toujours envie de moi, bien sûr, précise-t-elle doucement.

Je soutiens son regard, cherchant la réponse dans ses yeux noirs, son visage désarmant, son chignon mal fixé qui s'éboule. On ne voit plus que ses défauts, dès qu'elle parle. Son cou est trop long, le menton trop pointu, les gencives trop visibles quand elle sourit, les joues pas assez rondes, les narines trop ouvertes. Mais elle est dix fois plus touchante que dans la perfection figée de sa photo. Son souffle a ralenti, le chemisier laisse entrevoir un balconnet bleu à chaque inspiration. Je l'imagine, de profil, nous regardant faire l'amour dans un miroir.

— Charles ?

Son ton inquiet chasse l'image. Elle me scrute. On dirait soudain qu'elle a un doute, qu'elle veut se convaincre que c'est bien moi.

— Tu peux t'asseoir, tu sais.

J'obéis, prudemment, sans toucher à rien. La chaise paillée, qui serait plus à sa place dans une cuisine provençale que dans un salon du XVIe arrondissement, craque sous mon poids.

— Évidemment j'ai toujours envie de toi, dis-je avec un relent d'amertume assez bien trouvé.

— Et ça te fait quel âge ?

J'hésite à me vieillir. Mais le temps ne signifie pas grand-chose pour elle et je parais encore plus jeune avec les cheveux courts.

— Vingt-six ans et neuf mois.

— C'est tout ?

Je me reproche aussitôt cette sincérité peu crédible. Colonel à mon âge, il faut vraiment être précoce. Pour engager la conversation sur un terrain moins mouvant que moi, j'observe :

— Edmée a l'air en forme.

— Non. Enfin, oui. Elle a l'air.

— J'avais oublié que c'était son anniver-saire.

— C'est son anniversaire tous les jours, en ce moment.

Elle détourne les yeux, prend le petit pain dans son assiette pour le rompre. La force qu'elle emploie suggère qu'il est rassis ou que l'émotion qui a traversé sa voix réclame un exutoire. Elle demande :

— Tu as l'impression qu'elle a toute sa tête ?

La gorge nouée, je l'en assure. L'article de *Top-Santé* que je lisais le mois dernier, chez le vétérinaire, racontait que les vrais désaxés ont toujours des doutes sur la santé mentale de leur entourage, ce qui justifie souvent leurs actes à leurs propres yeux. Une tendresse solidaire pour la vieille dame me fait chercher le pied d'Hélène sous la table. J'attends un frémissement, un réflexe de défense, une réponse. Rien. La pointe de ma chaussure remonte le long de son mol-let qui demeure totalement insensible. Ça ne doit pas être mon genre. Je rapatrie ma jambe sous ma chaise, sans dérober mon regard. Elle paraît si normale et si excep-tionnelle, à la fois. Si spontanée, si réflé-chie. Contradictoire et naturelle. Avec ce que je sais de mon caractère, je comprends que je sois tombé amoureux d'elle.

— Soyez gentils avec Pierrot, dit

Mme Germain-Lamart en rouvrant la porte, il y a des problèmes en cuisine.

Elle vient s'asseoir entre nous, déplie sa serviette, s'informe d'un ton faussement dégagé :

— Tout se passe bien ?

Je laisse à Hélène le soin de répondre. Comme elle se contente de regarder sa mère en silence, je déclare :

— Très bien. On en a, du temps à rattraper...

Ma réflexion pourtant anodine semble jeter un froid. Hélène secoue la tête en fixant Edmée d'un air de reproche. Edmée formule un son vague, esquisse un mouvement d'impuissance. L'une comme l'autre paraissent déplorer que je sois resté ce que je suis. La honte de mes limites, réservée d'habitude aux samedis chez ma mère, fait monter à mes joues une chaleur de colère. Après tout, c'est Edmée qui a décrété que pour être conforme, je devais sembler insignifiant ; c'est elle qui a fixé la règle du jeu et réduit nos échanges. Je ne vaux peut-être pas mieux, en tant que Thomas Vincent, mais le rôle de Charles aurait pu me grandir, justement ; j'aurais pu donner toute ma mesure insoupçonnée si elle n'avait pas d'emblée restreint ma personnalité. Si elle ne m'avait pas fauché l'herbe sous le pied avec ses a priori, j'aurais pu surprendre Hélène, l'impressionner, peut-être même casser pour son bien les murs qu'elle a construits autour de moi. Le sentiment du gâchis renforce le poids de silence qui est tombé autour de la table. Pour m'occuper, je partage en deux mon petit pain, constatant qu'en effet il date au moins de la veille.

— Voilà les hors-d'œuvre, précise le maître d'hôtel en déboulant avec un saladier oxydé.

Il dépose dans nos assiettes une mousse ronde aux reflets brunâtres en articulant d'un air rancunier :

— Duxelle de cèpes à la royale, façon grand veneur.

— Joli, commente Hélène.

— Délicieux, anticipe Edmée.

On attend ma réaction. Ça ressemble à s'y méprendre aux flans de soja et céréales que j'achète sous vide au rayon bio, chez Monoprix.

— J'aime beaucoup, dis-je au dénommé Pierrot.

Il se détend un peu, hoche la tête et repart avec son saladier vide. Mal fixées au gel, ses mèches se décollent, battant la mesure à chaque pas, et sa veste blanche le fait ressembler davantage à un garçon boucher qu'à un maître d'hôtel. Probablement il débute, mais il a au moins soixante-dix ans et les susceptibilités d'un majordome héréditaire. Décidément tout paraît faux, dans cet appartement, comme en accord avec mon imposture.

J'attends que la maîtresse de maison ait enfourné la première bouchée, puis je goûte à mon tour. Intuition confirmée : c'est du Bjorg en sachet. Huit minutes au four préchauffé, trente secondes sous le gril. La saveur carbonisée suggère qu'il a multiplié par deux les temps de cuisson.

— Il invente toujours des recettes incroyables, me dit Hélène avec un regard appuyé.

Il y a plus que de la complicité, dans sa voix : elle sent que j'ai deviné l'origine du plat, et elle me demande tacitement de n'en rien dire.

— C'est une perle, renchérit sa mère en avalant avec effort. Nous avons beaucoup de chance.

Je ne sais plus qui protège qui, autour de cette table. Nous terminons notre entrée immangeable dans un silence concentré. J'observe les mains d'Hélène. Elles ne vont pas du tout avec son visage, son port de tête, ses attaches fines, sa pâleur de rêveuse au foyer. Ce sont des mains fortes, aux paumes rougies, marquées par des cals et des gerçures : de vraies mains de paysanne ou de skieuse sans gants. Plus que le centimètre carré de soutien-gorge dans son décolleté, plus que sa bouche aux lèvres précises autour de la fourchette, ces mains costaud dans cette silhouette diaphane m'excitent et font passer le soja.

Personne ne s'occupant du vin, j'allonge le bras vers la carafe. Le regard d'Hélène me déconseille d'aller plus loin. C'est peut-être une carafe témoin, du vin factice qui fait partie de la décoration, à chaque déjeuner. Dans mon uniforme de comédie musicale, je me sens entouré d'accessoires et de partenaires qui jouent une pièce dont je suis seul à ne pas connaître l'intrigue : on ne m'a donné à lire que mon rôle. Je me demande si l'on a essayé d'autres hommes avant moi dans le personnage de Charles.

— Navarin d'agneau de Sisteron aux petits légumes et sa sauce quatre-saisons, annonce Pierrot en surgissant avec un plat sous cloche.

— Épatant, se réjouit Edmée.

Cette fois, si mes souvenirs sont bons, l'intitulé correspond à l'étiquette sur le paquet William Saurin. Plongez la barquette douze minutes dans l'eau frémissante en évitant l'ébullition. Visiblement, ses yeux dans les miens, Hélène lit les sous-titres. J'en suis de plus en plus persuadé : elle est aussi dérangée mentalement que je suis militaire de carrière.

— A gauche, glisse-t-elle discrètement au maître d'hôtel qui lui remplit son assiette du mauvais côté.

Désormais j'ai l'impression que c'est elle

qui met en scène la comédie que sa mère m'a demandé de jouer pour elle. Mes repères s'embrouillent et, à ma grande surprise, moi qui suis un homme d'habitudes, de rigueur inutile et de bonheurs perdus, j'éprouve un plaisir très vif à ne plus savoir qui est qui ni où je vais.

— Vous ne mangez pas ? s'inquiète Edmée.

Je me dépêche d'avaler une bouchée pour la rassurer, et de laisser voir que je me régale. C'est mou, collé ; tout a le même goût. Pierrot n'a pas évité l'ébullition.

— Avec votre permission, déclare Hélène en posant sa serviette, je ferai l'impasse sur le dessert.

Aussitôt je me solidarise, sur un ton galant, pour esquiver la crème brûlée Flamby ou la Danette au chocolat.

— On vous sert le café maintenant ou après ? s'informe Edmée.

Avant que j'aie eu le temps de m'interroger sur le sens à donner au mot « après », Hélène a plongé le bras droit sous la table, et provoqué un raclement de métal sur le parquet. Elle redresse le torse et, penchée de côté, sans me quitter des yeux, déplie en trois claquements secs un fauteuil roulant. L'accoudoir gauche bascule sur ses charnières ; elle prend appui d'une main sur le droit, de l'autre sur la galette de sa chaise et, d'une détente précise des bras, change de siège. Un dernier claquement lorsqu'elle remonte l'accoudoir, puis ses doigts se referment sur le cercle autour des roues et elle quitte la pièce.

A la manière dont sa mère me regarde, je comprends qu'elle n'a rien perdu de mes réactions. Ignorant aussi bien la conduite qu'elle attend de moi que le sentiment que j'éprouve — stupeur, indignation, frustration ou pitié — je m'efforce de sourire avec naturel. De la même manière que, dans le métro, je regarde les nains, les obèses et les enfants trisomiques : à la fois pour leur suggérer un instant qu'ils sont comme les autres, et pour tenter de leur exprimer combien je me sens moi aussi différent des gens qui pensent être normaux.

Alors Mme Germain-Lamart a cette phrase que je n'oublierai jamais :

— Si je vous avais dit qu'elle a ce handicap, vous l'auriez traitée comme telle et vous seriez passés l'un à côté de l'autre, parce qu'elle n'a pas changé, Thomas : elle n'est pas résumable à ce fauteuil. C'est un accident, il y a quatre ans. Rééducation, volonté et matériel approprié : elle a gagné son autonomie et elle est redevenue elle-même. La seule chose qu'il lui reste à retrouver, c'est l'amour d'un homme.

Je ne réponds pas. Le mot qui m'a fait le plus de mal, dans sa bouche, c'est mon prénom. Ce retour à mon état civil, à ma réalité, ma pesanteur. Avec toute l'énergie dont j'étais capable jadis, quand moi aussi j'étais quelqu'un d'autonome avec du bonheur à donner, un amour au cœur et des skis aux pieds, je m'arrache de mon siège et je me lance sur les traces d'Hélène.

— Tu peux débarrasser, dit sa mère dans mon dos.

J'ai suivi les craquements du parquet sous les roues, jusqu'au bout du couloir. Je me suis arrêté quand la porte a claqué. J'ai attendu dans la pénombre, sous l'odeur d'antimite qui s'échappait d'un placard entrebâillé. Avant de le refermer, j'ai regardé à l'intérieur pour détourner ma gêne. Il n'y avait rien. Des étagères et des cintres vides où pendaient une dizaine de crochets de naphtaline.

Le son d'un piano a retenti derrière la porte. Un air de jazz, d'une gaieté combative.

— Vous pouvez entrer, a dit la voix d'Hélène quand la musique s'est tue.

J'ouvre doucement le battant. Elle tourne sa partition sans un regard pour moi, recommence à swinguer avec une maladresse nerveuse. Je devrais me sentir honteux, blessé, pitoyable, et je reste immobile sur le seuil à frissonner en silence, à respirer son parfum de cannelle et de pomme chaude, à contempler ses jambes. Malgré leur maigreur, elles seraient parfaites, dans l'absolu, mais elles ne sont plus à l'échelle, ne correspondent plus à son corps, ses bras, sa poitrine. J'essaie de les imaginer *avant*, de leur redonner le volume des muscles, d'y plaquer l'empreinte des mouvements. Je ne sais si sa minijupe est une provocation, une mise au point ou un rappel à l'ordre. Les ondes de chair qui parcourent ses cuisses quand elle va chercher les aigus me bouleversent. Le piano l'anime, la musique la porte à bout de bras ; elle plaque ses accords aussi fort qu'elle joue faux. La chambre est une petite pièce en longueur tendue de gris, sans âme, sans bibelots, sans miroirs, sans photos. Seules traces de sa présence, au pied du lit à une place : deux cartons de livres de poche et une paire d'haltères.

La dernière note martelée, elle replie la partition, se détache du clavier et roule vers moi d'un quart de tour. Je lui signale qu'il fait trois degrés et que sa fenêtre est ouverte. Elle répond :

— Ça leur fait passer le temps : c'est l'heure creuse.

Je m'approche du jardin à l'abandon qui sépare l'appartement du trottoir de l'avenue Foch. Adossées aux grilles, des silhouettes de sexe variable se dandinent en soufflant dans leurs gants. Je réponds à leurs saluts joyeux.

— Un p'tit coup de Mozart, Hélène ? propose un Black en short orange et bas résille.

— Merde, les Yougos ! crie une blonde.

Et le groupe détale dans le son des talons aiguilles. Une Mercedes à vitres opaques descend au ralenti la contre-allée.

— Vous pouvez fermer, dit Hélène.

Quand je me retourne, elle me dévisage avec une anxiété nouvelle. Je demande si je peux lui poser une question.

— Moins fort, chuchote-t-elle. Sa chambre est à côté.

— Elle vous a eue à quel âge ?

— Elle ne m'a pas eue.

Il y a dans sa voix autant de regret que de reconnaissance. Elle a dû être adoptée trop tard pour effacer les marques de sa première enfance.

— Quand elle vous a demandé de me jouer cette comédie, enchaîne-t-elle, vous l'avez crue folle ?

— Non.

— Pourquoi ?

— Elle me disait que c'était vous.

— Et vous le croyez encore ?

J'esquisse une moue nuancée, ouverte à toutes les interprétations.

— Pourquoi vous avez accepté ? Pour

l'argent, par curiosité ou parce qu'elle vous a ému ?

Cueilli à froid, je laisse tomber sur un ton que j'aurais souhaité plus spontané :

— Un peu les trois.

— C'est génial, en tout cas, d'être entré dans son jeu, dit-elle avec gravité. Vous ne pouvez pas savoir comme c'était important... Ça vous ennuie qu'on fasse l'amour ?

Je reste sans voix. Je me dis que je vais répondre quelque chose d'agressif et de flatteur, du genre « Et pourquoi ça m'ennuierait ? », mais déjà elle précise :

— Ce n'est pas pour moi, c'est pour elle.

J'acquiesce, comme si ça coulait de source.

— Elle a toujours fait des miracles, dans sa vie. Aujourd'hui, elle voulait arrêter le temps. Vous comprenez ? M'offrir un retour en arrière...

Ses yeux brillent, sans que les larmes ne débordent. Je ne sais pas du tout quelle attitude observer. Elle s'informe, avec un regard de côté :

— Je vous choque ou je vous plais ?

Dans un réflexe de franchise que je regrette aussitôt, j'avoue :

— Un peu les deux.

— Il n'est pas très varié, votre dialogue.

Je remets les choses en place : c'est sa façon de poser les questions qui est toujours la même. Il ne faut pas répondre, il faut cocher! Elle laisse échapper un sourire :

— J'aime bien la manière dont vous réagissez à mon fauteuil.

J'essaie de ménager une transition entre mon agacement de l'instant d'avant et le minimum de délicatesse avec lequel il convient d'aborder ce sujet :

— Ah bon ?

— C'est mes seins que vous continuez à regarder.

Je pique un fard et bredouille en détournant les yeux :

— Excusez-moi. Je ne pensais pas que ça se voyait.

— Ne vous excusez pas.

Un craquement résonne dans la chambre voisine. Aussitôt sa respiration s'accélère et, d'un geste, elle m'invite à en faire autant. Comme je n'ai pas l'air très chaud, elle insiste à voix basse :

— S'il vous plaît...

J'enfonce les poings dans les poches de mon pantalon d'uniforme, avec une moue de protestation. D'un mouvement sec des mains, elle me tourne le dos. Un sac tout mou est accroché à l'arrière de son fauteuil, dérisoire cartable d'où dépasse une revue. Sous le titre *Faire face* et le logo de l'Association des paralysés de France, deux titres se partagent la une : « Ouvrez-nous le métro ! », « Un enfant — pourquoi pas ? »

Elle fixe la pluie qui s'est remise à tomber sur le carreau, pour y noyer sans doute la déception que je lui cause. Ravalant ma dignité, j'entreprends de haleter d'une manière convaincante. Elle se retourne, radieuse, et se met à soupirer au même rythme que moi. Ses yeux ne me quittent pas, restent graves, attentionnés, avec de loin en loin un plissement des paupières pour saluer ma prestation. Une ombre de sourire, et elle renverse la tête en arrière sur le cri qu'elle étouffe. Non seulement la complicité a tué le ridicule, mais cette fille qui feint l'amour dans un fauteuil réveille en moi tout un monde oublié, une vie de confiance et de secrets partagés, d'intimité joyeuse, comme si elle était l'amie d'enfance que je n'ai jamais eue qu'en rêve.

— Caresse-moi, dit-elle très fort.

Debout à un mètre d'elle, je m'absorbe dans le motif de dentelle bleue entre les boutons de son chemisier, et je l'entends gémir sous la caresse de mes cils.

— Viens !

J'avance une main vers ses seins. Elle intercepte mon geste, murmure dans un souffle :

— Au son uniquement, si ça ne vous dérange pas.

Elle me désigne le lit. Je vais m'y asseoir, désamorcé, tandis qu'elle reprend deux tons plus haut :

— Non, attends, pas ici... Elle va nous entendre.

D'un geste élégant, elle me passe la parole. Avec un fond de rancune, je lui réplique d'une voix sonore :

— Et alors ?

On laisse passer quelques secondes de silence, mes yeux dans les siens. Elle se rapproche, me glisse dans le creux de l'oreille :

— Je suis désolée de vous demander ça.

— Non, non, ça va.

— Mais ça serait trop cruel de lui refuser son cadeau.

Je ferme un instant les yeux pour retenir son parfum. Pomme, cannelle et beurre fondu, sucre glace... Une gaufre au calva, comme en préparaient mes copains à la Duche, le restaurant d'altitude. Dans un sursaut qui fait grincer les ressorts de son fauteuil, elle crie soudain sans transition :

— Ta langue !

J'avale ma salive en détournant le regard, me concentre sur les thuyas du jardin. Elle attrape mon poignet, l'attire vers la table de chevet et murmure d'un air prudent, une lueur de rire dans les yeux :

— On va faire un bras-de-fer : ça nous occupera les mains.

Le désir chavire dans un élan de tendresse. Cette fille réunit en elle ce que j'ai toujours cherché chez une femme, et que je

croyais incompatible : l'enfance, la solitude, l'humour, la gentillesse et le cul.
Doigts mêlés, coudes en appui, on se
mesure. Je dose ma force au minimum,
pour éviter de la faire ployer tout de suite.
Sa résistance me surprend. De sa main
gauche, elle bloque le frein de son fauteuil.

— Plus fort ! m'encourage-t-elle.

Je fais jouer mes biceps. Elle encaisse la
poussée, contre-attaque avec une puissance
parfaitement maîtrisée.

— Oui, encore ! lance-t-elle entre ses
mâchoires crispées.

— C'est bon, hein, comme ça ? dis-je
pour me mettre au diapason.

Notre assaut fait vaciller la table de chevet. Un tiroir tombe, des livres s'éboulent.
Un peu vexé de la sentir si musclée face à
moi, je mets d'un coup toute la gomme et
son bras part en arrière. Le râle avec lequel
elle essaie de contrer ma pesée réduit à
néant mes efforts de sang-froid.

— Je vais te faire jouir, prévient-elle.

— C'est pas gagné.

La tension que je maintiens se répand
dans son bras. On tremble en chœur sur un
rythme de marteau-piqueur en tentant de
conserver notre sérieux.

— Me faites pas rire, couine-t-elle.

Je relâche un peu la pression pour qu'elle
puisse remonter à la verticale. Elle me
remercie d'un battement de cils, naïve.

Encore cinq ou six degrés et je n'aurai plus qu'à retourner sa force contre elle pour plaquer sa main sur le bois.

Des craquements de parquet résonnent de l'autre côté du mur. Hélène m'intime le silence d'un mouvement du menton. On entend le bruit discret d'une porte qui se referme.

— C'est bon, glisse-t-elle en abandonnant la prise.

Je me retrouve tout bête, une table vide entre nous.

— On fait la revanche ?

Elle secoue la tête avec un sourire attendri, se penche en avant pour déposer un baiser sur ma joue, me dit merci et me désigne la porte à gauche du piano. Je me lève, sans discuter, vais jusqu'à la salle de bains. Sur le seuil, je marque un temps et je me retourne, saisi d'un doute qui me fait bien plus mal, curieusement, que tous les autres :

— J'ai existé ?

— Pardon ?

— Charles Aymon d'Arboud. Il a existé, ou ça fait partie du jeu ?

Hélène soutient mon regard, la tête rejetée en arrière, le menton sur l'épaule. Ses cheveux dénoués, son sourire de confiance et son air exténué composent la plus belle image de femme après l'amour qu'il m'ait été donné de contempler.

— Il m'a draguée pendant des mois. Edmée l'adorait. Tout à fait son type, vous avez vu. Elle l'invitait à déjeuner, il nous criblait de fruits confits... Un jour, au dessert, j'ai couché avec lui, pour elle. Vous savez, elle n'a jamais été gâtée, avec les hommes. Son premier mari s'intéressait aux garçons, et le second à son fric. C'est bien qu'elle ait connu Charles, même si c'était à travers moi. Le problème, c'est qu'il n'a rien compris : il a cru que je l'aimais pour lui. Il m'a bombardée de lettres auxquelles je n'ai pas répondu, et puis il s'est fait tuer en Bosnie comme si c'était ma faute.

Le dérisoire de ce destin me touche encore plus qu'à travers le journal intime. Si je me faisais écraser en sortant d'ici, quelle trace resterait-il de moi ? Même pas un témoignage écrit. Des regrets au conditionnel, de la main à la main : il aurait pu, il aurait dû, il serait tombé sur quelqu'un de bien...

— Franchement, vous trouvez que je lui ressemble ?

— Non. Mais ça n'a aucune importance. Comment vous appelez-vous, dans la vie ?

— Thomas Vincent.

— Bonjour, Thomas Vincent. Vous avez été super. Allez faire couler un peu d'eau, s'il vous plaît.

Le cœur dans les talons, je passe à la salle

de bains. Le vrombissement dans la tuyauterie d'avant-guerre, tandis que je me lave les mains, achève de colporter à l'autre bout de l'appartement l'illusion d'une étreinte aussi torride que brève. Nous ferons mieux la prochaine fois. Un creux se forme dans mon ventre à la pensée que peut-être, pour Edmée comme pour elle, mon rôle est terminé. Comment survivre à mon imposture si elles n'ont plus envie de jouer ? Comment revenir, comment durer, comment me donner une seconde chance ? Je ne sais pas où peut mener cette histoire, mais ça fait bien quatre ans que je n'avais pas ri en faisant l'amour — même si, là, on n'a pas vraiment fait l'amour. Et même si on s'est retenus de rire. Et même si elle ne s'intéresse jamais à l'homme caché sous l'uniforme de Charles.

Je m'essuie les mains sur la manche du peignoir accroché à la porte, qui sent son odeur de cannelle et de gaufre chaude. Son odeur de goûter, à cinq heures, en haut des pistes... Je chasse l'image. Sur la tablette du lavabo, tout est normal, désordonné, mal rebouché : démaquillant, lotion, crème de jour, crème de nuit... Dans le miroir, les trois barres d'appui autour de la grande baignoire et le trapèze pendu au bout d'une chaîne me serrent la gorge. Sous la pomme de la douche, un siège en plastique à hauteur réglable.

En sortant de la salle de bains, je comprends dans le regard d'Hélène que ce qu'elle vient de me laisser voir est bien plus impudique, pour elle, que toutes les obscénités qu'on a pu se dire. Mais est-ce une marque de confiance ou un signe d'indifférence, de l'honnêteté ou de l'exhibitionnisme ? Que peut-il se passer entre nous, maintenant ?

— On se dit au revoir ? propose-t-elle.

Je sens qu'il faut que je parte tout de suite, sans tenter de prolonger par des politesses, des explications ou des états d'âme l'intimité que nous venons de partager. Je lui déclare :

— La prochaine fois, c'est moi qui invite.

Et je sors de la chambre sans me retourner, sans attendre de réponse, sans cacher ce que je ressens.

L'appartement est plongé dans une torpeur de sieste, à peine troublée par la rumeur lointaine du lave-vaisselle. La porte du living est entrouverte. Je tape doucement, passe la tête pour prendre congé. Edmée Germain-Lamart est engloutie de travers dans le canapé défoncé, un châle sur les épaules, jambes croisées, en train de lire. A ses pieds, un magnétophone est posé devant la cheminée murée, diffusant le crépitement d'un feu de bois. L'image de cette vieille dame se chauffant au son dans le grand salon vide m'émeut autant que la salle de bains d'Hélène. L'a-t-elle recueillie avant ou après son accident? Si je devais traduire ce que je ressens au-delà des apparences et du vraisemblable, je dirais que, des deux, c'est Edmée qui a été adoptée.

Elle ne m'a pas entendu taper. Je m'approche lentement. Le temps qu'elle ait perçu ma présence, j'ai eu tout loisir de déchiffrer le titre de son livre. *A l'ombre des jeunes filles en fleurs.*

— L'inconvénient, dit-elle en ôtant ses lunettes, quand on lit Proust à mon âge, c'est qu'en plus on est obligé de revenir en arrière pour se rappeler. Je n'en verrai jamais le bout. D'un autre côté, peut-être que ça conserve. J'ai un but, alors je me dis que j'ai le temps. Elle est gentille, n'est-ce pas?

Je sors mon portefeuille de ma poche, et je lui rends son chèque. Elle me dévisage d'un air inquiet, meurtri. Déçu.

— Ça ne s'est pas bien passé?

— Si, madame. Au contraire.

— Alors où est le problème?

J'ai un regard circulaire, aussi diplomate que possible, pour la pièce sans meubles et les murs nus. Elle ne réagit pas; le chèque pend toujours au bout de mes doigts. Dominant ma gêne, je précise :

— Je crois que vous en avez plus besoin que moi.

Elle éclate d'un rire clair, repousse le

chèque, balaie le salon d'un geste élégant, plein d'insouciance et de fierté :

— Rassurez-vous : tout est au coffre. Et moi aussi, bientôt. Allons, faites-moi plaisir, et sauvez-vous. Si elle manifeste le désir de vous revoir, comme je l'espère, je sais où vous trouver. Rompez !

C'est impressionnant comme chez elle le charme et la désinvolture alimentent soudain une fermeté dont le résultat l'indiffère. Je rempoche le chèque. Elle frissonne dans son châle, monte le volume du magnéto comme on rajoute une bûche, et reprend sa lecture.

En arrivant dans le vestibule, je trouve Pierrot devant la porte d'entrée, mon imperméable à la main. Il est vêtu à présent d'un jean et d'un blouson fourré, comme s'il allait partir lui aussi. Il me sourit tristement ; ce sourire des enterrements quand on partage le souvenir d'un ami. Je lui demande si on s'est déjà rencontrés.

— Pardon, monsieur ?

— Charles Aymon d'Arboud, vous l'avez connu ?

Il me regarde, la bouche pendante. J'insiste :

— Il a existé ou pas ?

— Non mais dites donc !

Il se mord aussitôt les lèvres, glisse un regard angoissé en direction du salon, ouvre la porte, me pousse à l'extérieur et sort avec moi.

— Évidemment, dit-il comme si j'avais proféré une énormité.

Et il ajoute d'un ton plus calme et plus amer, en fixant le bout de ses baskets :

— En tout cas, pour Hélène, maintenant, il existe. Merci quand même.

Il me serre la main sans me regarder, me presse l'épaule et referme sur lui la porte de l'appartement.

— Pardon, Pierrot, dit la voix d'Edmée au bout d'un moment. Mais j'avais tellement envie de le revoir.

J'avais une vie résolument vide, qui m'offrait chaque matin au réveil l'impression que tout pouvait m'arriver, puisque je n'étais retenu par rien. Comme il ne m'arrivait pas grand-chose, je conservais l'espoir et je tuais le temps : les journées ne passaient pas plus vite mais elles laissaient moins de traces.

A peine franchi le seuil du studio, je sus que ces deux années loin de ma montagne, dans ce réduit aussi impersonnel que l'était la chambre d'Hélène, n'avaient fait que me préparer à notre rencontre. J'étais resté moins d'une heure dans l'univers désaffecté de l'avenue Foch, et déjà les odeurs, le silence, l'ambiance avaient déposé en moi un mélange de malaise et d'affection ancienne, une impression de foyer en perdition que j'avais envie de sauver. Ici, dans cette mansarde à parabole et télé géante, devant ce matelas japonais déplié sur la moquette-cendrier parmi les cassettes vidéo, je me sentais soudain dépaysé, incongru, je ne trouvais plus mes marques. La sensation d'habiter chez mon chat était tout ce qui m'avait plu dans ce lieu, je le comprenais maintenant. Jules laissait derrière lui neuf sacs de litière, quarante boîtes de Gourmet, douze paquets de croquettes et je ne le remplacerais pas. Sans lui, ce territoire qu'il avait accepté de partager avec moi n'avait plus besoin de ma présence, je n'étais plus utile à personne ; mon permis de séjour expirait.

Durant les dix minutes de trajet en RER, j'avais appréhendé le moment où je devrais quitter l'uniforme pour me rhabiller en moi-même. Mais le retour dans mes vêtements civils ne changea rien à mes sentiments, et je repris la ligne C vers mon bureau dans un état d'excitation calme — voilà, c'était l'expression qui convenait. Excitation calme. Le visage et les mains d'Hélène ne quittaient pas ma pensée, ses gémissements de plaisir pendant la partie de bras-de-fer me faisaient sourire à mes voisins de rame qui détournaient la tête. Je n'étais plus seul dans mon petit costume d'employé anonyme. Je me sentais comme le dépositaire d'un amour inabouti, l'agent de liaison entre Hélène et l'âme de ce Charles qui avait besoin de mon corps pour lui refaire l'amour. J'avais cru me déguiser en lui, et c'est lui qui s'infiltrait en moi. Sa présence ne me dérangeait en rien, puisque nous avions pour Hélène des sentiments complémentaires. Ma personnalité n'avait pas changé, mais elle devenait plus dense : au lieu de subir un phénomène de possession, je bénéficiais d'un renfort. Autant la mort de mon père m'avait stérilisé, autant le fait de perpétuer la mémoire d'un étranger me donnait la sensation de me reproduire.

Contre toute attente, j'éprouvai un moment de vrai bonheur en me rasseyant à mon bureau. Ni les regards torves de mes collègues qui s'étaient vus contraints de fournir des renseignements à ma place, ni les observations vinaigrées de Mlle Herbelin sur la longueur excédentaire de ma pause-repas ne réussirent à troubler mon euphorie. Je m'étais fait engager à la Sacem dans l'espoir illusoire d'y retrouver l'amour et, par un caprice du destin qui n'avait rien à voir avec mon fantasme initial mais le remplaçait avantageusement, j'avais été exaucé.

— Et arrêtez de sourire quand je vous parle ! Vous ne semblez pas mesurer l'incorrection ni la gravité de votre attitude, et je dois vous dire...

— Vous voulez savoir où j'étais, mademoiselle Herbelin ?

Coupée net dans sa diatribe, ma chef de service pince les lèvres sous la provocation joyeuse qui a percé dans ma voix.

— Ça ne me regarde pas! Ce qui me regarde, c'est que vous soyez ici quand vous êtes supposé y être.

— J'ai déjeuné chez Mme Germain-Lamart.

Sa bouche se fige.

— Chez la folle?

Dans un sursaut qui fait tomber ma pancarte « Renseignements », je lui demande ce qui lui permet d'employer ce mot. Elle ricane :

— Une ayant droit qui accuse de plagiat son défunt mari et demande au juridique de retrouver le véritable auteur de la chanson qui lui rapporte des millions chaque année, vous appelez ça comment?

Le téléphone à gauche de mon bras bourdonne tandis que je médite ce qu'elle vient de m'assener sur un ton de vertu outragée.

— Eh bien répondez! crache-t-elle en décrochant le combiné qu'elle me tend.

— Sacem-bureau-des-Déclarations-Thomas-Vincent-à-votre-service-bonjour, débité-je ainsi que me le prescrit la circulaire d'octobre.

— Bonjour, pourrais-je parler au colonel Charles Aymon d'Arboud?

La stupeur qui doit se lire sur mon visage attise l'exaspération de ma chef.

— Une erreur? Eh bien raccrochez!

Je pivote d'un quart de tour pour la chasser de mon champ visuel et me retrouver seul avec la voix d'Hélène. Je réponds :

— C'est lui-même.

— Il termine à quelle heure ?

— Dix-huit.

— Ah. C'est tard. J'avais assez envie de le voir sur terrain neutre.

Le cœur battant, je m'entends demander :

— Là, tout de suite ?

— Par exemple.

Je glisse un œil vers la punaise à queue de cheval qui articule de façon appuyée :

— Pas de communication personnelle !

Je dis :

— D'accord.

— Ça tombe bien, répond Hélène, je suis en bas.

— En bas ?

— Devant, si vous préférez. Ne tardez pas trop, je suis en double file.

Elle raccroche. Le sourire écarte mes lèvres, mes jambes se déplient et je me dirige vers la sortie.

— Qu'est-ce qui vous prend ? Monsieur Vincent !

Sans me retourner, je laisse tomber :

— Je reviens.

— Comment ça, « vous revenez » ? Mais pour qui vous prenez-vous ? Je vous interdis ! Où allez-vous ?

— C'est personnel.

— Monsieur Vincent, piaille-t-elle en me talonnant, si vous abandonnez votre poste...

J'abrège ses menaces, d'un doigt désignant les étages nobles :

— M. Bolmuth vous expliquera. C'est lui qui m'a demandé de régler le dossier Germain.

Et je quitte le service avec un sentiment d'impunité, d'insouciance naturelle que je pensais avoir définitivement perdu. Cette fille me donne des ailes. Il aura fallu une fée dans un fauteuil roulant pour que je retrouve le bonheur d'être jeune, libre et valide. Je cherche son taxi sous la pluie de l'avenue Charles-de-Gaulle. Un klaxon me fait tourner la tête. Une vieille DS jaune est arrêtée à la hauteur d'un camion de déménagement. Hélène baisse sa vitre et me fait signe, au volant.

Complètement sidéré, je reste immobile sur le trottoir. Ce n'est pas possible qu'elle m'ait joué la comédie, qu'elle ait simulé une paralysie... Je remonte mon col sous les piqûres de l'averse, m'avance à pas lents. Tout le charme et la violence des émotions qu'elle m'inspire depuis tout à l'heure retombent, dans les fumées de la circulation qui me frôle. J'ouvre la portière passager, sans savoir ce que je vais faire.

— Cache ta joie : si je te dérange, il fallait me le dire.

Le fauteuil roulant est plié à l'arrière, contre son dossier. Une structure métallique s'accroche au tableau de bord, regroupant à portée de main les commandes reliées aux pédales. Je me pose sur le siège en tissu marron, dont la mousse molle m'absorbe dans un chuintement.

— Excusez-moi, dis-je en refermant la portière. C'était de vous voir dans cette voiture...

Elle sourit en soupirant :

— Oui, je sais. Elle ne va pas du tout avec mes cheveux. Mais j'en suis toujours au même dilemme : je la fais repeindre ou je me décolore ?

Elle démarre dans un coup de roulis qui me projette contre son épaule. Je n'arrive pas à savoir si chez elle l'humour est une forme d'agression, de délicatesse ou de pudeur. Mais j'ai l'impression qu'elle se protège moins du regard des autres qu'elle ne les défend contre leurs propres réactions.

— Je n'espérais pas vous revoir si vite, dis-je avec le sentiment de prononcer de travers une de ces phrases types par lesquelles on commence l'apprentissage d'une langue.

— Tout à l'heure c'était le déjeuner d'Edmée ; maintenant c'est mon après-midi à moi. Si tu n'y vois pas d'inconvénient, bien sûr.

Comme moi elle s'est changée : elle porte un col roulé blanc, un tailleur gris avec une jupe à peine moins courte. Je relève les yeux. Elle accueille mon regard avec un brin d'appréhension :

— Je te plais quand même, je te plais pour ça, je te plais tout court ou tu fais semblant ?

D'un ton qui me semble éloquent, je lui dis de cocher elle-même la réponse.

— Je ne suis pas une allumeuse, tu sais.

— Je me doute.

Elle ajoute avec un sourire de gamine :

— Mais c'est vachement agréable.

Pour éviter de montrer combien ses paroles me bousculent, je lui demande avec un peu de réserve comment elle a su que je travaillais à la Sacem.

— Où Edmée aurait-elle pu te rencontrer ? Elle ne sort plus, en dehors des visites aux conseillers juridiques.

Je n'ose pas l'interroger de but en blanc sur les accusations proférées contre sa mère, au sujet de la succession.

— Quelle impression elle t'a faite, au déjeuner ?

Avec un minimum d'honnêteté, je commence par le côté négatif : elle est peut-être un peu spéciale, au premier abord...

— Bien sûr, me coupe-t-elle, des moments du passé reviennent et prennent le dessus... Mais tu as vu comme elle est normale, sinon, lucide...

Elle quête mon approbation. C'est fou comme le besoin de convaincre la rend soudain vulnérable.

— ... Et drôle, ajoute-t-elle d'une voix qui se lézarde.

Je souscris volontiers, complète même le portrait avec ce qui m'a sans doute le plus ému :

— ... Et femme.

— Merci.

— C'est la première fois qu'en face de quelqu'un de son âge je ressens...

Elle m'interrompt en posant sa main gantée sur mon coude :

— Je n'ai pas dit « pardon ? » ; j'ai dit « merci ». Où va-t-on ?

— Je ne sais pas.

— Tu m'as dit : « La prochaine fois, c'est moi qui invite. »

Elle reprend sa main pour accélérer. La voiture grimpe vers la porte Maillot. Je me creuse, désespérément. Jamais je n'emmène une fille quelque part, sinon chez moi, en face de la discothèque où je drague. C'est économique et ça ne laisse pas le temps à la personne de changer d'avis pendant le trajet. Mais là, deux obstacles majeurs m'obligent à trouver une autre destination : la femme de ménage qui vient à deux heures et demie, et les six étages sans ascenseur.

— Alors invite-moi : j'accepte, me relance-t-elle. Emmène-moi dans le décor où tu as envie de me voir. D'accord ?

Je réfléchis cinq secondes, à peine, le temps d'un feu orange où elle s'arrête pour me sourire. Je dis :

— La première à droite.

— Sens interdit.

— La suivante, alors.

— C'est loin ?

— C'est une surprise.

— Tu préfères prendre le volant et me bander les yeux ?

— Je ne sais pas conduire.

Elle tourne vers moi un regard d'incompréhension, dont elle s'excuse aussitôt d'un battement de cils. Trop tard : la honte m'a fait piquer un fard. Ne pas avoir son permis, quand on est libre de se déplacer comme on veut, doit être pour elle le comble de l'indécence. Et me faire transporter par une invalide n'améliore pas l'image déjà déplorable que j'ai de moi-même. Pour atténuer un peu mon statut de passager inutile, je lui signale au bout d'un moment que le feu est passé au vert. Le ballet fascinant de ses mains reprend, sur l'espèce de Meccano qui encadre la colonne de direction.

— Ça n'a pas été facile d'installer le système sur une voiture de cette époque, commente-t-elle en rencontrant mes yeux au carrefour suivant, mais je voulais absolument une DS.

— C'est une question de goût.

— Non, c'est le seul modèle à suspension hydraulique dont je peux régler précisément la hauteur avec une tirette.

J'acquiesce d'un grognement vague, peu désireux d'engager la conversation sur un terrain où mes limites sont si patentes. Elle s'en rend compte, ajoute un argument qu'elle estime davantage à ma portée :

— Et puis on est de la même année, toutes les deux.

Je lui dis de tourner encore une fois à droite, puis de prendre l'avenue Maurice-Barrès, avant de demander d'un air détaché :

— Et ça lui fait quel âge ?

— Trente ans moins le quart.

— Pourquoi « moins le quart » ?

— Parce qu'on ne les a pas encore.

— Pourquoi tu dis « trente », alors ?

— Pour m'y habituer.

J'approuve, sans discuter. Mes indications nous ont conduits au bois de Boulogne et elle glisse vers moi un regard méfiant.

— Si c'est pour rejoindre l'A 13 et m'emmener à Deauville, il faudrait d'abord que je vérifie les niveaux.

Je la rassure mollement. Ma destination est beaucoup moins exotique.

— Tu ne diras pas à Edmée qu'on s'est vus sans elle, promis?

Je promets. Les raisons ont l'air tellement évidentes pour elle que je ne cherche pas à les connaître. Je préfère lui demander pourquoi elle dit « Edmée » et non « maman ».

— Ce n'est pas ma mère.

Ma réaction de surprise m'enfonce un peu plus dans la mousse du dossier.

— Je croyais qu'elle t'avait adoptée.

— C'est ce qu'elle voulait.

— Et alors?

Elle me rend mon regard avec une tristesse dont je me sens aussitôt coupable.

— Tu n'as pas compris?

Je me défends par une moue prudente. Elle arrête la voiture sur le bas-côté, et elle énumère avec une sorte de rage froide, concentrée sur le pare-brise que ses essuie-glaces salissent à chaque fois qu'ils reviennent vers elle :

— Les tableaux, les tapis, le mobilier... Ça ne t'a pas frappé?

— Elle m'a dit qu'ils étaient au coffre.

— Ç'a été la première décision de justice, oui. Vivre à son âge sans alarme au milieu de ses Renoir, ses Dufy, ses Magritte et ses commodes Boulle, les assurances ont dit non et sa famille a fait le nécessaire. La suite est venue d'elle-même : rapports médicaux, relevés bancaires, témoignages des voisins, mise sous tutelle... Elle ne peut plus rien acheter, vendre ou donner sans que sa fille contresigne. M'adopter, a fortiori.

— Sa fille ?

— La fille de Lamart, son second mari. Jacqueline, épouse d'un avocat et belle-sœur d'un psychiatre : ça aide. Pour toucher les droits du *Père Noël*, la chanson de Claude Germain, elle devait attendre que sa mère claque. Ou soit déclarée en incapacité, mentalement déficiente, représentant un danger pour elle-même et les autres. On n'en est qu'au début de la procédure. En toute logique, vu le dossier, elle sera internée avant la fin de l'hiver.

La consternation me laisse sans voix.

— Tu as encore tes parents, toi ? reprend-elle en enlevant la buée avec ses gants.

— Ma mère. Enfin, « j'ai »... Elle est vivante, quoi. Mais tu ne peux rien, pour Edmée ?

— Si. Me cacher. Ne pas donner l'impression que j'habite chez elle, quand le juge des tutelles fait des contrôles. C'est ma faute si sa famille veut la mettre hors d'état de nuire. Je suis une captatrice d'héritage, comme ils disent. Elle m'a choisie, elle m'a recueillie, elle m'a offert un cadeau pour mon anniversaire...

— C'est son droit, non?

— Pas quand le cadeau vaut trois cent mille dollars.

La pluie diminue, sur le pare-brise. Un coup de lave-glace projette un liquide bleu que les balais tartinent. Je commence à me demander si Hélène ne serait pas un peu mythomane. Quand je suis passé à ma banque, après le déjeuner, pour déposer le chèque d'Edmée, on m'a dit qu'il était sans provision. Je le mentionne, manière de lui faire entendre que j'ai quelque raison d'être incrédule. Elle retourne l'argument au service de sa cause :

— Depuis qu'elle est sous tutelle, on a regroupé son avoir sur ce qui s'appelle un compte pivot. Elle n'en a pas la signature, et ne touche même pas le produit des placements qu'on fait pour elle. C'est une mesure conservatoire qui lui permet de claquer sans mettre en péril son patrimoine.

— C'est dégueulasse!

— C'est légal.

— Et elle n'a pas essayé de résister?

— Bien sûr qu'elle résiste! s'insurge Hélène. Qu'est-ce qu'elle fait d'autre? Elle refuse de mourir! Elle refuse de quitter son appartement! Elle redonne vie à des fantômes pour oublier que les vivants attendent qu'elle crève!

D'un mouvement brusque, elle monte le chauffage, tourne la molette de ventilation au maximum. Les tickets de parking s'envolent du tableau de bord.

— Mais... sincèrement, Hélène, à ton avis, elle est saine d'esprit ou... ?

— Qui a le droit de répondre à une question pareille ? Tu es sain d'esprit, toi qui te déguises en colonel pour aller bouffer du surgelé chez des inconnus ?

Je proteste, dans une réaction de défense : ce n'était pas du surgelé, c'était du sous-vide.

— Et je suis saine d'esprit, moi qui fais semblant de baiser avec un défunt pour donner cinq minutes de joie à une vieille dame qui perd la boule ?

— Donc elle perd la boule !

— Elle perd la boule parce qu'on l'accuse d'être folle ! Tu comprends ça ? Quand ta propre fille veut te faire enfermer pour sauver son héritage, tu réagis comment ? Ou tu crèves de chagrin, ou tu tentes de fuir la réalité, une réalité dont tous les gens « normaux » autour de toi sont devenus complices, et tu te réfugies dans un autre monde. Dans le rêve, dans le passé, dans les coups de cœur ! Elle est heureuse, Thomas, avec nous, je te le jure !

— Nous ? dis-je, la gorge serrée.

Sans se rendre compte que je me suis impliqué dans ce pluriel, elle précise :

— Pierrot n'a jamais été maître d'hôtel. C'est un copain de jeunesse, le dernier qui lui reste. S'il ne faisait pas semblant d'être à son service vingt-quatre heures sur vingt-quatre, on l'aurait déjà internée d'office, de peur qu'elle fasse sauter le quartier en oubliant de fermer le gaz.

— Et une garde-malade, une infirmière à demeure... ça existe !

— Je n'ai pas de revenus, Thomas. Je suis étudiante en philo et sa fille lui laisse à peine de quoi manger. Toutes les semaines, la psy envoyée par le juge vient vérifier son état mental, mon absence et la présence de Pierrot. Comme elle groupe ses déplacements, elle ne vient que le lundi ou le mercredi et on arrive à jouer le jeu, à donner le change, mais pour combien de temps ? C'est foutu, je le sais : l'immeuble est vendu... Ils vont me l'enlever... Ils vont me la tuer... Pour son bien... Les salauds !

Elle éclate en sanglots sur son volant. La chaleur est devenue suffocante, depuis qu'on ne roule plus. J'entrouvre ma vitre, laisse passer quelques secondes, puis je pose une main sur sa nuque, en lisière du col roulé, caresse ses mèches rousses échappées du chignon. Elle attrape mon poignet, le serre très fort.

— C'est la femme la plus merveilleuse du monde, Thomas. La plus généreuse, la plus marrante, la plus libre... Ils n'ont pas le droit de lui faire ça.

— Je suis là, dis-je, sans autre argument que la tendresse qu'elle m'inspire.

— Je sais, répond-elle.

Quelque chose me trouble, dans son ton. Comme si elle pensait sincèrement que mon intrusion dans leur vie constituait une sorte de chance. Mais que peut faire, contre les lois en vigueur, la raison médicale et le pouvoir des rapaces, une resucée posthume de Charles Aymon d'Arboud ? A quel titre et sous quel jour pourrais-je intervenir, moi qui ne suis que le produit d'une photo en noir et blanc, d'une coupe de cheveux et d'un journal intime ? Moi qui ne dispose, pour faire illusion, que d'un uniforme de comédie musicale... Soudain je me dis que c'est peut-être à ma personnalité d'origine que s'adresse l'espoir que j'ai perçu dans la voix d'Hélène. Mon métier pourrait-il leur être d'une quelconque utilité ?

J'attends que ses sanglots s'espacent, je risque un baiser dans son cou et je demande doucement :

— Qu'est-ce qu'elle prépare, avec la Sacem ? Une contre-attaque ?

Le moteur de la DS cale dans un soubresaut, la caisse s'affaisse sur ses suspensions molles. Hélène renifle et relève la tête :

— Toute sa fortune provient de la *Lettre au Père Noël*, le seul succès qu'ait écrit

Claude, mais un succès mondial qui se répète chaque année. Edmée est naïve, tu sais. Au départ, elle a cru qu'en tuant la poule aux œufs d'or, elle allait calmer la cupidité de sa fille. Alors elle a raconté dans les journaux qu'en 1938, son mari s'était approprié la chanson qu'un débutant inconnu lui avait envoyée par la poste, pour avoir son avis. Naturellement, des centaines de tocards ont aussitôt informé la Sacem qu'ils étaient le véritable auteur, ou son héritier, son imprésario, son avocat... Résultat : les droits générés par le *Père Noël* sont bloqués depuis un an, le temps que la justice statue sur les cent quarante-huit procès intentés contre la succession Claude Germain.

— C'est génial !

— Non. Ça s'est retourné contre elle. L'atteinte portée sciemment à son patrimoine est un motif encore plus efficace que la prodigalité, quand on veut mettre quelqu'un sous tutelle.

Le couinement fatigué des essuie-glaces s'installe dans le silence. Tout ce qu'elle me raconte est effroyable, et pourtant ce moment près d'elle, dans son odeur de cannelle et de sucre chaud, dégage une telle douceur. La voir assise près de moi, dans une position normale, ses longues jambes étendues sur la moquette de l'auto, sa jupe remontée sur ses bas noirs, me rend tour à tour joyeux, protecteur, désespéré, furieux... Comme si j'étais non pas le témoin privilégié d'un moment où son infirmité n'est plus visible, mais le simple reflet de ses états d'âme.

— Hélène... Qu'est-ce que je peux faire pour elle?

— Embrasse-moi.

J'entoure ses épaules, pivote, approche mon visage du sien. Sa bouche s'empare de mes lèvres, de ma langue, ses dents pincent et mordent, ses mains font sauter mon bouton de col en se glissant dans mon dos. Je me presse contre elle pour qu'elle sente l'état dans lequel me met sa voix, sa présence, sa révolte. Je perds l'équilibre dans le moelleux des sièges et cogne son genou contre la portière.

— Pardon.

— Ne t'inquiète pas : je ne sens rien.

Elle me ramène contre elle, laboure mes cheveux, m'embrasse les yeux, le nez, le menton, m'emprisonne les oreilles dans ses paumes, me regarde avec une attention inquiète.

— Qu'est-ce que tu dois être malheureux pour...

Elle s'interrompt, détourne la tête, efface sa phrase d'un revers de main. Je demande :

— Pour?

— Pour avoir été heureux comme ça avec moi, tout à l'heure, quand on faisait semblant...

Très simplement, je réponds :

— Je ne suis pas malheureux. Je ne suis rien.

— Pourquoi ?

— Parce que je n'ai personne. Personne qui me donne envie de me battre, comme toi. Et puis mon chat est mort, alors...

Je ne juge pas nécessaire de poursuivre : le tour d'horizon est fait.

— Alors ?

— Alors rien. Je me suis senti heureux avec toi tout à l'heure. C'est tout.

Elle tourne la clé de contact. La voiture crachote, s'ébroue et finit par redémarrer, tout en restant écrasée au ras du sol.

— Allez, lève-toi, supplie Hélène.

Entendre cette phrase dans sa bouche m'amène les larmes aux yeux. Je dis :

— On peut rester là, remarque. On est arrivés.

Elle se tourne vers moi, incrédule, essuie de la main la buée qui s'est reformée. On se trouve en bordure du Grand Lac, devant le chalet du loueur de barques.

— Ne me dites pas que votre fantasme était de m'emmener canoter sous la pluie en décembre au bois de Boulogne ?

Le retour au voussoiement dénote moins la surprise que la curiosité : me voici redevenu un peu moins prévisible, un peu plus décoiffant.

— Vous m'avez dit de vous mettre dans la situation où j'avais envie de vous voir, Hélène...

Elle comprend, l'air soudain grave, dit OK. C'est trop court pour me permettre de savoir si elle trouve mon idée touchante ou si je commets la gaffe du siècle. Elle laisse tourner son moteur au point mort, accélère d'un coup de pouce. Le châssis se relève en tanguant, d'avant en arrière. Elle ouvre sa portière, s'aide de l'arceau vissé au-dessus du rétroviseur pour pivoter vers l'arrière, attrape son fauteuil plié. Je n'ai que le temps de me baisser avant que les roues ne me frôlent quand elle le ramène, d'un mouvement circulaire, le pose sur la chaussée et le déplie. Confondu par sa dextérité, je propose néanmoins pour la forme :

— Je peux t'aider ?

— Surtout pas. Jamais, Thomas. D'accord ?

— D'accord.

Déplaçant dans sa grille une tirette sous le tableau de bord, elle règle la hauteur de la voiture jusqu'à ce que son siège parvienne au niveau de l'assise du fauteuil roulant. Alors, d'une détente des bras, elle se transfère de l'un à l'autre, puis allonge la main, coupe le contact, retire la clé et ferme sa porte.

— Tu viens? demande-t-elle en voyant que je ne bouge pas.

— Je ne trouve pas comment ça s'ouvre. Tu peux m'aider?

Elle roule jusqu'au trottoir, l'escalade en marche arrière et vient débloquer ma portière de l'extérieur. Tandis qu'elle se penche pour me montrer comment fonctionne le clapet sur le haut de la poignée chromée, ses seins touchent mon épaule.

— J'aime bien, sourit-elle sans que je sache si elle fait allusion à ce contact furtif, ou à la délicatesse qu'elle prête à mon aveu d'incompétence pourtant sincère.

La laissant s'embourber avec le même tact, je la précède sous les pins jusqu'au petit chalet où un barbu en duffle-coat regarde un match de foot d'un air sceptique sur une télé portable. Je lui paie une demi-heure de location au tarif pluie, décroche deux cirés jaunes et ressors en tendant son ticket à Hélène.

— Tout ça pour me prendre dans tes bras, suggère-t-elle.

Je ne démens pas cette interprétation. Elle noue ses mains autour de mon cou et je la soulève, descends vers l'embarcadère.

— Jamais il n'aurait fait une chose pareille, dit-elle, collée à moi, dans un reproche joyeux.

— Qui ça ?

— Charles.

Sans lui répondre, je l'installe dans le canot de bois verni en songeant que, maintenant, il l'a faite.

J'aurais pu l'emmener au Jardin d'Acclimatation. Percuter avec elle les enfants de Noël dans une autotamponneuse, glisser à ses côtés au fil du courant de la Rivière enchantée, hurler de concert dans le grand-huit... Enchaîner les attractions assises au milieu d'une foule normale où elle serait passée inaperçue. J'ai préféré l'intimité du lac désert sous la bruine. J'ai allongé ses jambes de part et d'autre des gilets de sauvetage et nous ramons à tour de rôle, à armes égales. Non pour lui donner l'illusion qu'on est un couple ordinaire, deux tourtereaux valides dans une situation de carte postale, mais pour qu'on soit enfin sur le même plan. Pour me sentir un peu moins inférieur, dans des conditions qui ne l'obligent pas à dominer son handicap. Elle a compris mon intention, je crois. Nous sentir aussi déraisonnables et incongrus l'un que l'autre dans ce paysage romantique haché par la pluie n'est peut-être pas le plus beau des cadeaux que je pouvais nous offrir, mais elle paraît l'apprécier à sa juste valeur.

— Tu sais depuis combien de temps je suis amoureuse de toi? demande-t-elle en me rendant les avirons.

J'évite de risquer une réponse qui pourrait me faire passer pour inattentif ou prétentieux.

— Cinq minutes. Quand, après m'avoir embarquée, tu as loué un troisième ciré et que tu es allé abriter mon fauteuil.

Mes yeux se posent sur la tache jaune entre les pins au loin. Mon souci était d'éviter qu'elle ne se trempe les fesses au retour, mais ce qui semble l'avoir touchée davantage, c'est ma façon de traiter son compagnon de route comme une part d'elle-même. D'un air modeste, je lui laisse croire que c'était bien là mon dessein, et que je suis heureux qu'elle l'ait perçu.

— Mon bas, merde! s'écrie-t-elle soudain. Tu aurais pu me le dire.

Je commence à être un peu fatigué de rougir à tout bout de champ, depuis qu'on se connaît. Certes, je n'arrête pas de contempler ses cuisses sous le ciré, mais elles sont dans l'axe de mon regard tandis que je rame et le fait que son bas soit filé ne me dérangeait en rien. Je trouve au contraire assez sensuel de suivre la progression de l'estafilade, comme un sablier de nylon qui ponctue les minutes en découvrant sa chair.

Elle fouille dans le grand fourre-tout qui sert de sacoche à son fauteuil. Surpris, flatté et un peu choqué tout de même, je constate qu'elle a emporté de quoi passer la nuit ailleurs et se changer au matin. Prenant dans sa trousse de toilette un mini-tube de Colgate, elle dépose une noisette de dentifrice au bout de son index, et en frotte avec soin la déchirure de son bas.

— Ça ne cache pas, mais ça stoppe, dit-elle pour répondre à mon regard, en rebouchant le tube.

La grâce précise avec laquelle elle soulève, par le creux du genou, sa jambe gauche pour la croiser détache de mes lèvres la question que je retiens depuis ce midi :

— Qu'est-ce qui t'est arrivé, exactement ?

— Lésion de la moelle épinière suite à fracture des cervicales. Tu trouves ça ringard, les porte-jarretelles ?

— Au contraire, dis-je en essayant d'atténuer l'effet de la première phrase.

— Ne t'excite pas : ce n'est pas pour toi. J'en mets tous les jours. Ça te gêne ?

Je ne comprends pas son agressivité soudaine, l'abîme de tristesse qui s'est ouvert dans sa voix. Mes questions ne sont pas seules à provoquer ses sautes d'humeur, je le sens. On dirait qu'elle m'en veut de ce qu'elle n'arrive pas à me dire. Elle détourne les yeux pour lancer en direction d'un canard :

— On décore bien les sapins de Noël, et pourtant ils sont morts.

Un oiseau traverse le lac en lançant des appels lugubres. Le clapotis de mes rames. La pluie fine, régulière. Les craquements de la coque. Le bruit lointain du périphérique. On passe entre deux îlots, sous un pont en accent circonflexe d'où pendent des lianes sans feuilles qui caressent nos capuches.

— Je ne devrais pas dire ça, Thomas. C'est injuste par rapport aux autres. Il y avait tellement pire que moi, tu sais, quand j'étais à Garches. On n'a pas le droit de se plaindre, dès lors qu'on a les moyens de le faire. Je suis une privilégiée. Ma tête fonctionne, mes jambes aussi — plus ensemble, c'est tout.

J'emplis mes poumons pour me sentir vivant, profiter de l'instant, des odeurs, de la bonne marche de mon corps — tout ce qui fait hausser les épaules aux gens valides quand on leur dit qu'ils ont de la chance, eux qui pensent n'avoir que des problèmes. Les feuilles qui fermentent au bord de l'eau croupie dégagent un parfum d'enfance, que je ne sais plus situer. Je dis, bêtement :

— Et on n'a rien pu faire ?

— Il y a deux manières de voir les choses. La première : ma vie est foutue, rien ne sera plus comme avant. Et la seconde : j'avais toutes les chances de mon côté, je les gaspillais à tour de bras, j'avais arrêté la fac pour aller jouer les championnes aux quatre coins du monde, j'avais tous les mecs à mes pieds, j'aurais fini un jour par épouser le plus beau, le plus riche, le plus célèbre ou le plus destroy, faire un gosse tout en voulant garder ma liberté, finir par sacrifier l'un et l'autre, et n'avoir plus que des remords. La jeunesse passée à cent à l'heure, les plaisirs faciles, le gâchis brillant, l'amertume des égoïstes qui font le bilan... Tu sais ce que je pense, parfois ? Que mon accident m'a empêchée de rater ma vie. Ça ne dure pas longtemps, mais c'est sincère.

Elle éternue, remonte son col roulé jusque sous les yeux. A travers la laine, elle me décrit l'image qui l'a sauvée, d'après elle. On venait de lui apprendre qu'elle ne marcherait plus. Elle était à Garches, au foyer, la grande salle de lecture, télé, billard et jeux vidéo que les plus anciens appellent entre eux la salle des pas perdus. Elle compulsait des revues médicales pour infirmer le diagnostic, trouver un médicament miracle, une nouvelle technique, un espoir quelconque. En face d'elle, un garçon de quinze ans, recroquevillé dans un fauteuil électrique, le corps sanglé à son dossier, lisait un roman. Concentré, absorbé, isolé des bruits de flipper et de Nintendo. Toutes les minutes et demie, son visage se contractait et c'était la torture : il devait s'y reprendre à dix fois pour commander son geste, rassembler ses forces, coordonner ses mouvements et finalement réussir, au prix d'un effort de volonté intense, l'opération si simple de tourner la page.

— Et tu sais ce qu'il y avait alors, dans ses yeux ? Du plaisir. Du plaisir devant ces mots étalés face à lui, gagnés à la sueur de son front ; du plaisir plus fort que la peine et la contrainte qui l'attendaient au bas de la page suivante. C'est ce petit corps tordu au-dessus d'un roman qui m'a appris qu'on pouvait toujours être libre.

Elle se mouche et me demande ce qu'on attend exactement au milieu de l'étang : que la nuit tombe ou que la pluie s'arrête. Les émotions se bousculent en moi, tandis que je reprends les rames. Tout en virant de bord, je risque :

— Et tu es heureuse... quand même ?

— Je suis heureuse *aussi*. Je n'ai rien perdu d'essentiel, tu sais. Du moins, j'ai presque tout regagné. J'ai repris ma licence de philo, mon entraînement, je fais de la muscu en salle trois fois par semaine, j'ai sacrifié ce qu'il fallait sacrifier... A part courir et baiser, rien ne me manque.

Quatre coups d'avirons me sont nécessaires pour trouver le courage de poser ma question, aussi gênante qu'inutile du reste, puisqu'elle y a déjà répondu implicitement. Mais je ne peux pas non plus laisser le sujet en suspens, dans mon état, avec sa jambe qui touche la mienne, le dentifrice sur sa cuisse et ses larmes qui coulent à l'abri de la pluie.

— Tu n'as plus jamais fait l'amour, depuis?

— Toute seule, si. Quand même...

Sa sincérité, son air si naturel, presque moqueur, m'autorisent à poursuivre :

— Et... tu pourrais, avec un homme?

— Bien sûr. C'est l'homme à qui ça pose un problème.

Je me retourne vers la pinède pour redresser mon cap. Le dérisoire, la vanité ou, pire, le côté charitable qu'elle pourrait prêter à la réplique qui brûle ma langue rétablit le silence entre les clapotis. Elle laisse traîner deux doigts dans l'eau et reprend, en observant le sillage :

— Remarque, non, je te dis ça... Le jour où j'ai essayé, je n'ai pas été brillante non plus... Pendant ma rééduc, j'avais un copain de piscine qui s'appelait Olivier. Très mignon, tétraplé, chute de cheval. On a voulu tenter le coup, un jour, dans sa chambre. Le bruit de ferraille, quand on s'est emmêlé les fauteuils... Ça m'a filé un tel fou rire qu'on n'a rien pu faire. Huit jours après, il s'est ouvert les veines. C'était pas à cause de moi à cent pour cent, je le sais bien, mais chaque fois que je suis au bord de craquer, de me laisser aller, je pense à lui et je repars. On l'a sauvé de justesse : aujourd'hui il est dans un monastère.

Mon silence se prolonge, dédié à présent au cavalier de Garches.

— Tu n'es pas obligé, tu sais. Tu n'as aucun devoir envers moi. Je ne supporterais pas l'idée que tu te forces. Que tu veuilles me sauter pour me faire plaisir ou pour te faire honneur. Franchement, là, en ce moment, je t'excite ?

— Pas vraiment, non ! dis-je en plantant mes avirons avec une force disproportionnée. Tu me racontes une histoire d'héritage complètement sordide, tu me dis qu'on ne peut rien pour sauver Edmée, tu me sors un amoureux sympa qui s'ouvre les veines et se fait moine... Pardon si j'ai moins le cœur à bander !

— C'est pas pour consommer tout de suite, se défend-elle avec un retour de sourire.

— Quand même, dis-je en imitant le ton boudeur qu'elle a eu trois minutes plus tôt.

Elle baisse les yeux, tape ses mains l'une contre l'autre.

— Tu sais ce qui me fait mal, Thomas,

juste à l'instant, très très fort ? C'est l'envie de te sauter au cou d'un bond, là, comme ça, pour ce que tu viens de me dire, et de nous faire chavirer comme deux mômes... Et la seconde d'après, de me rappeler que je ne peux plus. Que je ne pourrai jamais plus. Tu connais l'histoire de l'amputé qui a mal au bras qu'il n'a plus ? On ne s'habitue jamais, Thomas. Jamais.

Le regard occupé, concentré sur mon approche, secouant la pluie de mes cils, j'accoste. Je monte sur le ponton, amarre la barque, me penche vers elle en fléchissant les jambes et la soulève, sans qu'il n'y ait plus en moi, cette fois, la moindre vanité dans l'effort, la moindre envie de profiter de son abandon, le moindre comportement protecteur. Je suis si loin d'elle. Si loin en arrière, avec mes blocages qui ne sont dus qu'aux remords, à l'autocomplaisance, à la fierté naïve de n'être dupe de rien ni de personne, et de savoir pertinemment de quoi je me contente. Si l'un de nous deux peut aider l'autre à vivre... Quel ridicule, en même temps, de penser ça. Pourquoi lui prendrais-je son énergie, son temps, sa force d'amour ? Je sens bien qu'elle n'a pas besoin de moi, que je ne suis ni utile dans sa situation ni digne d'elle. C'était gentil, de me dire qu'elle avait envie d'un homme. Et c'était certainement vrai, sous cette formulation : un homme ou un autre. Pourquoi

moi, sinon parce que je suis présent et dis-
posé? Mais si elle ne veut pas que la pitié
entre dans mon désir, moi je refuse, avec la
même vigueur, d'être pour elle une conces-
sion. Je ne m'aime pas assez pour qu'elle ait
envie de moi comme je le voudrais. Et je
l'admire trop pour me satisfaire de ce que
j'aurais à lui donner.

— On l'avait laissé là, non?

Je regarde autour de nous. La pinède est
déserte entre les flaques. J'assure son corps
contre moi et je grimpe jusqu'à la route, je
tourne lentement sur place, redescends
vers l'embarcadère. Elle demande au responsable des canots s'il a vu son fauteuil.
Le type secoue la tête, désigne son match
de foot.

— On me l'a gaulé, se résigne-t-elle en
appuyant le front sur mon épaule.

Je pousse un soupir de rage, commen-
çant à peiner sous son poids :

— Mais dans quel monde on vit, bordel
de merde!

— Laisse...

— Tu aurais dû l'attacher, aussi! dis-je
en me reprochant aussitôt d'avoir l'air de
parler d'un vélo.

— Tu crois qu'ils vont le revendre? Ou
alors ce sont des gosses : ils l'ont caché
pour se marrer...

— Je vais voir.

Je l'assieds sur un banc de pique-nique

taillé dans des rondins, lui rajuste sa capuche et pars explorer la pinède, cherchant des traces de roues. Je ne trouve que des pots de yaourt, des canettes de bière, du papier-cul et des capotes. Je retourne vers le lac. Elle se marre, la tête dans les mains. Trempé, crotté, je lance avec réprobation :

— Tu réagis plutôt bien.

— J'ai le choix ?

— Et qu'est-ce qu'on va faire ?

— En racheter un. Franchement, ce n'est pas un drame : ils nous ont laissé la voiture.

Je la porte jusqu'à la DS, l'installe au volant. Je m'en veux de cette situation de dépendance dont j'ai l'air de profiter, de cet incident qui soudain modifie les rôles et rend ma présence indispensable.

— Allez, ne fais pas la gueule, Thomas. Comme ça tu m'aideras à choisir. J'en prendrai un qui te plaise.

Sitôt le moteur lancé, elle neutralise mes commentaires en allumant la radio. Un astrologue entrelardé de publicités donne ses prévisions pour l'an prochain, décan par décan, avec un désespoir communicatif. Lorsqu'il achève son tour du zodiaque, avenue Henri-Martin, Hélène me demande quel est mon signe. Je réponds que je ne crois pas à ces conneries. Elle réplique qu'elle est lion ascendant lion. Je ne relève pas. Ma mère ne met jamais un pied devant l'autre sans consulter la position de ses planètes, et ça m'a vacciné pour toujours.

Au Trocadéro, on passe sur France Info qui nous parle des guerres en cours, du prix du porc, de la vie sur Mars et des bouchons dans la vallée de la Tarentaise. Hélène réagit à chaque nouvelle, comme si tout la concernait. Du coin de l'œil je la regarde, dans sa vieille auto qui tangue, vibrer au son de l'actualité. L'oreille tendue, les sourcils froncés, elle ne veut rien perdre du moindre événement, du commentaire le plus anodin, de l'envoyé spécial le moins audible ; on dirait qu'elle découvre tout ce que rabâchent entre deux jingles et trois slogans les voix montées en boucle. Je me demande si elle était en manque, ou si tout simplement elle n'a plus rien à me dire.

En traversant la Seine, elle croise mon regard et éteint soudain la radio, comme prise en faute.

— Excuse-moi... Ça me fait du bien de savoir un peu.

Sa fraîcheur me désarme. Moi qui ne m'intéresse à rien, je suis au courant de tout. Les journaux dépliés dans le métro et les commentaires de mes collègues autour de la machine à café réduisent à néant, chaque matin, mes efforts d'abstraction. Elle précise :

— Je n'habite pas beaucoup mon époque, en ce moment.

J'attends qu'elle développe cette phrase bizarre, mais elle s'arrête au coin d'une rue et s'extasie sur le soleil qui a percé les nuages. Le magasin qu'elle me désigne, à vingt mètres, s'appelle « Au Confort du Malade ». Un choix de béquilles et de prothèses décore la vitrine entourée d'une guirlande de Noël. Avec une petite voix gênée, elle me demande si je peux lui avancer la somme : elle me remboursera le mois prochain. J'exprime d'une moue qu'il n'y a aucun problème. Le chèque sans provision d'Edmée était l'unique espoir de combler mon découvert avant les prélèvements de janvier, ma lettre de licenciement pour absence injustifiée est déjà sans doute à l'intérieur du parapheur de Mlle Herbelin, mais seuls trois mots m'ont frappé dans ce qu'elle vient de dire : « le mois prochain ». Nous nous sommes retrouvés depuis moins d'une heure et la perspective de la quitter me paraît soudain absurde. D'autant qu'elle a sorti un téléphone portable de son sac, pendant que je contournais la voiture, et que je l'entends dire :

— Salut, c'est Hélène, je suis là vers quatre heures, c'est possible ? Super. Oui, je sais, mais j'étais en plein boulot. A tout de suite.

Elle replie son antenne et, tandis que je l'extrais de la DS, remarque mon air perturbé.

— Oui, j'ai commencé un mémoire de philo, m'explique-t-elle. « L'instinct de liberté chez Proust ».

Je hoche la tête, referme sa portière d'un coup de genou. Elle me dit qu'elle vit à mi-temps en 1927, depuis trois mois, dans le dernier tome de *La Recherche du temps perdu*. Pour éviter d'élargir le champ de mes lacunes, je me contente d'observer que c'est bien d'avoir choisi la liberté, comme sujet.

— Dans mon état, tu veux dire? Ça n'a aucun rapport. J'étais déjà libre avant.

Le carillon de l'entrée amène devant nous un jeune chauve au sourire optimiste, qui salue Hélène comme si je n'existais pas, me la prend des bras et l'installe sur une des chaises disposées dos à la vitrine.

— Vous l'avez encore cassé, fredonne-t-il, taquin.

— Égaré, corrige-t-elle avec beaucoup de dignité. Montrez à monsieur les nouveaux modèles. C'est lui qui choisit.

Le vendeur diminue son sourire d'un cran, me considère comme un curé regarde un touriste en short dans son église, et appelle son assistante. Pendant qu'ils alignent devant nous une dizaine de fauteuils qui vont du kart électrique à la coque fluo genre tondeuse à gazon, Hélène m'entretient des malheurs de Marcel Proust.

— Quatorze ans de travail pour nous démontrer qu'il est un paresseux, un velléitaire qui désespère ses proches. Tu comprends la démarche ? Six volumes pour s'accuser de ne pas être un écrivain, tout en en faisant une œuvre. C'est ça la liberté, dans tous les sens de l'étymologie.

— Le KB 800 de chez Kubika, désigne le vendeur. Très léger, très maniable, trois vitesses, une merveille.

Emportée par son sujet, elle me dit qu'en latin *liber* désigne la partie vivante de l'arbre, celle qui le fait grandir.

— Batterie charge-rapide en titane garantie deux ans, insiste le garçon en s'installant dans le fauteuil pour nous faire une démonstration.

— Mais *liber* veut dire aussi « enfant » et « livre ». Chez Horace, ça signifie même le vin, par référence à une vieille divinité paillarde qu'on a confondue plus tard avec Bacchus.

— Je peux ? propose le vendeur en la prenant sous les aisselles.

Il l'installe à sa place dans le KB 800 de chez Kubika, lui explique les manettes de commande, l'invite à tourner sur elle-même pour apprécier le rayon de braquage. Elle découvre que son bas gauche fait des plis, au-dessus de la rustine en dentifrice, raccroche sa jarretelle en continuant pour moi :

— La force motrice, l'enfance intacte, la culture et le plaisir : tout ce qui manque à Proust, si on l'écoute. Tout ce qu'il s'interdit d'assumer dans la vie, en fait, pour le redécouvrir à travers son œuvre. C'est ça, pour moi, l'instinct de liberté. S'affranchir de ce qu'on a gagné et de ce qu'on a perdu, pour l'offrir aux autres. Toujours pas d'électrique, merci, enchaîne-t-elle en se tournant vers le vendeur sans changer d'expression.

— Mais vous avez une autonomie de quinze heures...

— Je préfère mon autonomie à moi. Comment voulez-vous que je rentre ce machin dans ma voiture ? Je ne vais pas acheter un break. C'est le nouveau de chez Quickie, là-bas, en turquoise ?

Le garçon abandonne en soupirant son engin high-tech, assied Hélène dans un pliable austère rappelant celui où je l'ai connue, en plus bulbeux.

— Comment tu me trouves, là-dedans ?

— Sexy.

— Je l'ai aussi en gris métal, précise le vendeur d'un ton bougon.

— Thomas ?

— Non. Turquoise, ça te va mieux.

— Je le prends.

J'adore qu'elle essaie les fauteuils roulants comme on essaierait des chaussures. J'adore qu'elle m'explique la liberté chez

112

Proust en refixant ses jarretelles. J'adore qu'elle cherche le désir dans mes yeux comme une institutrice vérifie qu'un élève difficile suit son cours.

Avec une totale décontraction, je tends au vendeur ma carte bleue, compose mon code et empoche la facturette sans regarder le montant.

— A moi, maintenant! dit-elle en attaquant à pleines mains la montée de la rue. Comme ça on sera quittes.

— Pardon?

Ses doigts bloquent les roues, partent brusquement en arrière; le fauteuil se cabre. Elle vérifie l'équilibre des masses, descend du trottoir, paraît contente, précise en ouvrant ma portlère :

— A moi de te mettre dans la situation où j'ai envie de te voir. Chacun son tour, d'accord? Tu m'as fait ramer sur ton lac, je vais te faire aimer ce qui m'excite le plus au monde.

Je remonte en voiture, brûlant de curiosité, et tellement heureux surtout qu'on ne se quitte pas encore. Avec le recul, aujourd'hui, je me dis bien sûr que si j'avais connu la nature de son fantasme, je me serais sauvé en courant. Mais l'étape était nécessaire et je ne regrette rien, si ce n'est l'image que j'ai donnée de moi dans l'heure qui a suivi.

— Vide tes poches, dit-elle en entrant dans le bar.

— Pourquoi?

— Parce que c'est mieux.

Je dépose sur le comptoir mes objets métalliques : stylo, monnaie, clés... Dès l'arrivée sur la pelouse boueuse encadrée de hangars en tôle, un affreux pressentiment m'a noué l'estomac. Maintenant une bande de types joyeux l'entourent, l'embrassent, lui donnent la météo, lui tendent une combinaison molletonnée.

— Un mois qu'on t'a pas vue, au moins! Toujours dans ton Prost?

— Son Proust, rectifie un géant barbu en blouson vert. Pierrot nous a dit qu'Edmée n'allait pas fort.

— Il est toujours pessimiste, rassure Hélène. Qui s'occupe de Roméo?

— C'est Luc. Il finit sa visite.

114

— Tournez-vous, les garçons : je me change.

On se tourne vers le comptoir. Dans le miroir, on regarde Hélène dégrafer sa jupe, qu'elle retire d'un coup sec en se penchant de côté. Trois contorsions en appui sur la nuque, abdominaux tendus ; son porte-jarretelles disparaît dans la combinaison bleue.

— Et le monsieur, il reste comme ça ?

Mes voisins de comptoir considèrent mon costume-cravate Sacem d'un air perplexe. Le barbu retire son blouson et me l'enfile d'office par-dessus ma veste.

— Il connaît Roméo, le monsieur ?

— Qui ça ?

Rigolade autour de moi. Hélène leur dit de ne pas me charrier. Un Beur à chewing-gum me tend un paquet d'où pendent des sangles.

— C'est juste pour l'assurance, me glisse Hélène. Karim, tu as reçu le « connu » de l'année prochaine ?

— Ouais, répond le Beur. Ils t'ont gâtée, je te raconte pas.

Il lui donne une feuille de carton blanc, garnie de chiffres et de figures géométriques. Elle y jette un œil rapide, commente :

— Ah ! les chiens. Carrément le Nœud de Savoie en attaque.

Un grognement réprobateur m'entoure. Le barbu me prend à témoin :

— Dur, hein ?

— Très.

Le port de son blouson nous ayant sans doute rendus intimes, il me tend sa paume pour que j'y claque la mienne.

— Et déclenché montant négatif, d'accord, conclut Hélène en empochant le document. Un double crème, Simone, merci.

— Et pour le jeune homme ?

Je réponds à la barmaid avec un brin d'agressivité :

— La même chose !

— Vaut mieux pas, lui dit Hélène : c'est un baptême.

Applaudissements. Je souris, assez crispé, me sentant surtout complètement ridicule avec mon bois de Boulogne et mon petit canot. « On sera quittes. » Tu parles. Je l'observe, du coin de l'œil, en train de plonger trois sucres dans sa tasse. Elle rayonne comme jamais, au milieu de ces types qui semblent avoir pour elle une vraie adoration. En cinq minutes, elle a réduit à rien tout ce que je croyais savoir sur elle, et cette partie insoupçonnée de sa vie m'est d'autant plus douloureuse que je m'y sens étranger, bien sûr, mais surtout que je n'ai pas d'équivalent à lui offrir. Mes montagnes ont pâli, d'un coup, rétréci, perdu leur pouvoir d'attraction. Le skieur émérite qui somnole en moi, ce roi du hors-piste que je laisse hiberner sous mon costume de cadre inférieur, ce magicien des sommets, cet ange gardien de la glisse que je gardais en réserve pour Hélène vient soudain de perdre ses ailes.

— Eau plate, c'est mieux, me dit la serveuse d'un air compréhensif en me remplissant un verre.

— Alors, tu l'essaies ? demande le barbu avec gourmandise, et il désigne le carton blanc qui dépasse de la poche d'Hélène.

Elle fait oui de la tête. Pendant l'ovation qui suit, je prends mon verre d'eau et vais regarder les photos encadrées sur le mur du fond. Je me fige devant la plus grande.

— Toulouse, me renseigne le Beur qui est venu m'accrocher son parachute.

Hélène est debout sur une marche de podium, une coupe levée au-dessus de la tête. Au second plan, Edmée Germain-Lamart, en robe de cocktail et capeline rose, la contemple avec toute la fierté du monde. Le photographe a figé le baiser qu'elle lui envoie. Hypnotisé par la scène, n'osant pas me retourner vers le comptoir, je reste immobile devant le sous-verre étiqueté « Hélène Ruiz, championne de France 1992 ». Les rires et le son des verres qui trinquent derrière moi deviennent le fond sonore d'il y a six ans, sur l'aérodrome de Toulouse.

M'arrachant à sa silhouette « d'avant », je cherche Hélène sur d'autres photos, en vain. Puis je me dirige vers la porte des toilettes, près de laquelle on a remisé les souvenirs en noir et blanc. Sur l'un des clichés les plus jaunis, c'est Edmée qui se tient sur le podium, cette fois, dans un survêtement matelassé, avec un casque en cuir, des lunettes de soudeur sur le front, une gerbe de fleurs dans les bras, le même sourire que ce matin et quarante ou cinquante ans de moins. « E. Germain, dit l'étiquette. 1re championne de France de voltige aérienne. »

Je croise le regard d'Hélène. Elle me sourit, fataliste, roule vers moi. En me retournant, j'ai fait tomber un cadre avec mon parachute. Le barbu le ramasse, l'épous-sette avec déférence et le raccroche. Le petit pilote qui grimace devant une hélice en gros plan ressemble vaguement au maître d'hôtel de l'avenue Foch.

— Pierre Aymon d'Arboud, me présente le barbu. Héros de la Royal Air Force pendant la guerre de 40, et le meilleur instructeur qu'on ait jamais eu.

Incrédule, je me retourne vers Hélène :

— C'est mon père ?

Les gars me regardent en silence.

— Charles était son fils, oui, murmure Hélène. Mais bon.

118

Dans ces deux mots atones passe toute la vie du pauvre garçon que j'ai tenté de faire renaître, ce matin. Toute une vie rigide et complexée, à l'ombre d'un héros discret qui l'a étouffé sans le vouloir.

— Allez, on y va ! décide Hélène.

Le ciel est devenu laiteux, le vent a forci. Elle se dirige vers un petit avion rouge et blanc qu'un type en salopette est en train d'examiner.

— On risque d'avoir un peu de neige, Thomas. Ça ne t'ennuie pas ?

Non. La neige, ça va.

— Tu veux bien me pousser ?

Mes doigts se referment sur les poignées de son fauteuil. En d'autres circonstances, j'aurais été bouleversé par cette demande, cette marque de confiance, d'intimité, d'abandon... Là, je ne peux que constater qu'elle a besoin de réviser son plan de vol.

— OK, Luc ? lance-t-elle en levant un instant les yeux du carton blanc qu'elle annote au crayon.

Le technicien approuve, rempoche ses outils et vient l'embrasser.

— Tu feras gaffe au givrage carbu.

Elle opine, fait le tour de l'avion, vérifie les boulons, les fixations, les charnières, recule jusqu'au train d'atterrissage. Le barbu qui nous a rejoints la soulève sans effort, la dépose sur l'aile droite. Il attend qu'elle ait ouvert le châssis vitré, puis soutient ses jambes tandis qu'elle se glisse dans le cockpit. Lorsqu'il revient pour m'installer à mon tour, je compte sur les liens qui l'unissent à son blouson et lui demande, d'homme à homme, si sincèrement cet avion est sûr.

— Sûr ? répète-t-il.

Et il éclate de rire.

— Bienvenue chez moi, sourit Hélène en coiffant son casque. Je te présente Roméo Golf, c'est un Cap 232 spécialement conçu pour les handicapés. La goutte qui a fait déborder le vase.

— C'est-à-dire ?

— Le cadeau d'Edmée, pour mon anniversaire.

Elle attache ma ceinture de sécurité, après m'avoir sanglé dans une espèce de harnais à cinq branches qui ne fait rien pour atténuer mes a priori.

— Et ça vaut trois cent mille dollars, ce machin ?

— Tu vas adorer, dit-elle tout en me tendant une notice. Tu m'achèves ?

— Pardon ?

— Les initiales de la check-list, ça donne « ACHEVER ». Tu me lis dans l'ordre.

Et elle referme le toit. Comprimé dans l'espace minuscule, je me contorsionne pour déchiffrer son document plastifié particulièrement graisseux, énumère atterrisseur, contact, carburation, commandes,

120

huile, harnais, essence, électricité, verrière fermée, verrouillée, ainsi de suite. Quand j'ai terminé l'aide-mémoire, elle continue de manœuvrer des interrupteurs et de régler des molettes en m'expliquant pourquoi c'est indispensable, comme si ça devait me rassurer.

— Alti à moins trente pour la sécurité, magnéto sur $1+2$, démarreur. Mets le pouce gauche sur la richesse, Thomas, s'il te plaît.

On n'est pas encore partis. Patiemment, elle me donne la traduction : elle a placé la manette de mélange sur « plein pauvre » et, dès que l'hélice tournera, je devrai la mettre sur « plein riche ». Tandis qu'elle positionne mes doigts, je lui demande pourquoi elle ne le fait pas elle-même.

— Dis donc, j'ai ramé sans discuter, moi, tout à l'heure.

Un coup d'œil vers la manche à air, par-dessus mon épaule, un autre pour voir comment je m'acquitte de ma mission, et l'avion se met à rouler sur l'herbe gelée.

— Roméo Golf November 4747 Foxtrot, baragouine-t-elle dans sa radio, bonjour à vous, décollage pour un vol programme connu dans le box.

Le ciel est de plus en plus bouché : la tour de contrôle va peut-être nous renvoyer au hangar. On roule depuis trente secondes et les vibrations associées aux relents d'essence me donnent déjà le mal de l'air.

— Autorisé à décoller, vent du nord quinze nœuds, crachote la voix de l'irresponsable.

Hélène pousse le moteur et monte la voix pour me livrer la fin de son histoire avant qu'on ne s'écrase :

— Je travaillais au bar de l'aéro-club, l'été de mon bac. Deux fois par semaine, une femme seule me commandait un café crème. Une ancienne championne de France, on m'avait dit : six mille heures de vol, copine de Saint-Ex... Elle m'a trouvée un jour en train de rêver devant son Cap 10, et elle m'a offert un baptême de l'air. Quand elle a vu que ça me plaisait autant, elle m'a payé des cours, elle m'a fait passer mon brevet, elle m'a initiée à la voltige. Voilà. On ne s'est plus quittées. A cause de ses yeux, elle ne peut plus piloter depuis six ans, alors elle m'a dit : « Je te laisse le ciel. »

Dans un bruit de motocross, l'avion s'arrache du sol. Je compte jusqu'à vingt et je rouvre les yeux. Le nom de l'aérodrome est déjà tout petit, en bas, sur le toit du hangar.

— C'est ici, ma liberté, mon pays, mon espace. Ma vie. Sur terre, je suis en prison. J'exagère... Disons : en demi-pension. Depuis qu'on a joué à l'amour dans ma chambre, j'ai envie qu'on vole ensemble. Expire un grand coup, bloque ton souffle.

J'obéis en essayant de retrouver, entre les lunettes-miroirs, le casque et le micro, la fille qui m'a tant ému au sol. D'un coup sec, elle resserre ma sangle.

— Hé! Je peux plus respirer!

— Tu as confiance en moi, Thomas.

Ce n'est pas une question : c'est un rappel. Sa voix qui tonne pour couvrir le moteur et le harnachement qui me saucissonne ne souffrent pas la discussion.

— J'ai mille quatre cents heures de vol, dont sept cents en voltige et quatre cent vingt sans mes jambes. Et je n'ai rien d'exceptionnel. Tu sais combien on est de pilotes handicapés de mon niveau, en France, aujourd'hui? Cinquante. Et les fonctionnaires de l'Aviation civile nous empêchent de passer professionnels, d'être instructeurs pour gagner notre vie avec notre compétence, parce que ça les obligerait à modifier les statuts du personnel navigant, et ça, pour eux, c'est impensable. Ils nous autorisent à voler pour notre plaisir, puisqu'on est qualifiés ; pour le reste, ils préfèrent qu'on reste à notre place : des assistés avec une pension d'invalides. C'est bon, ton harnais?

— Non!

— Bingo! crie-t-elle.

Elle tire sur son manche et l'avion se

cabre soudain, monte à la verticale. Écrasé contre mon dossier, la tête au bord d'éclater, les oreilles en feu, je la regarde avec horreur.

— On grimpe dans le box, le volume où je dois faire les figures imposées. Regarde, il neige ! Putain, le bol que tu as : un renversement sous la neige, à ton premier vol, tu te rends pas compte ?

J'ai l'impression que deux élastiques tirent le coin de mes lèvres, les yeux me sortent de la tête et j'ai les couilles dans la gorge. Le cri qui m'échappe déchire mes tympans :

— Arrête !

— Mais je suis presque à zéro, Thomas. Regarde.

Toujours à la verticale, l'avion ralentit ; les flocons freinent autour de nous. Je hurle :

— Descends !

— Voilà.

Brusquement tout s'arrête. Je ne sens plus rien, ni mon corps ni les sangles, comme si j'étais en apesanteur. L'avion ne vibre plus, les flocons s'immobilisent. Je me dis que j'ai fait un infarctus et que je suis mort. Elle aussi, apparemment. Elle me sourit, me presse la main. Une vague me retourne soudain, me roule sur place. Mes yeux voient passer un portefeuille, des tickets de métro, des caramels : tout ce qui restait dans mes poches. Autour de la verrière, les flocons remontent. C'est au moment où je me dis qu'il neige à l'envers que je comprends que l'avion s'est retourné sur le dos, et qu'on plonge en piqué.

— Redresse !

— Tout de suite. Je repasse en palier et j'attaque le programme.

Mon estomac se disloque, je pousse un beuglement, les dents serrées, pour maintenir en place le repas de midi. A nouveau j'ai la tête à l'envers.

— Nœud de Savoie ! m'annonce-t-elle. Pas terrible, la première boucle. Attention, départ dos, *upside down*... Cinq G négatifs... Mieux ! Sortie à gauche de l'axe, viser le coin du box, verticale, un quart palier... Merde, j'ai débordé le milieu de cadre !

La suite se déroule dans le sac en papier qu'elle m'a tendu. A chaque retournement, je reçois sur la tête l'eau que je viens de vomir.

— Demi-tonneau en virage, re-verticale, déclenché négatif... Nul, mon tonneau : j'ai désaxé d'au moins quinze degrés ! Ferme ton sac quand je remonte, merci.

J'ai perdu la notion du temps, du bas, du haut. Je m'en fous. Je n'ai même plus peur. Une espèce d'ivresse a succédé à la nausée. Je me retrouve au sommet du Grand Para dis, un soir de bivouac. Les Anglais que je prépare au Mont-Blanc m'ont filé un pétard. Je plane dans le vide au ralenti. Je fais la planche en riant quand la cime des sapins me chatouille. Tout ce que je dis devient drôle et prend forme sous mes yeux : les nuages sont des moutons que je rentre au refuge, la lune aboie, je secoue la neige pour enlever les miettes, je remets la nappe, je me couche dans les étoiles, j'allume le soleil. On est sur terre. Plus rien ne se passe.

— Tu as un peu tourné de l'œil, c'est normal : c'est l'apesanteur. Y a des gens qui se retrouvent complètement shootés, la première fois, en accélération négative. Mais ça ne dure jamais longtemps. Tu n'as pas le voile rouge ? Quand tu me regardes. Tu me vois double ? Tu me vois comment, en noir et blanc ? Tu sens une barre sous les yeux ?

Des bras me soulèvent, des épaules me soutiennent.

— Attention, je te lâche, dit une voix.

On me lâche. On me ramasse.

— T'inquiète pas : c'est normal.

Il fait chaud. Les vêtements tombent autour de moi. Le contact de l'eau. La première phrase que je m'entends prononcer, il me semble, c'est « je t'aime ».

— C'est pas grave, dit l'homme qui tient la douche. C'est l'apesanteur.

Dès que j'ai repris mes esprits, devant une part de tarte et un grog, elle me demande pardon, me dit qu'elle est la dernière des égoïstes. Je réponds que je viens de vivre la plus belle expérience de ma vie. Je ne suis plus le même. Comme si la série de loopings avait mélangé en moi les deux personnalités qui se côtoyaient depuis quarante-huit heures, comme si une réaction chimique, une synthèse, avait soudain sélectionné ce qu'il y avait de meilleur dans chacune d'elles, en éliminant le reste. J'ai conscience, à mesure que je prononce ces mots, de leur absurdité, mais Hélène semble comprendre et me remercie. En tout cas elle ne s'en veut plus : c'est tout ce qui importe. Notre deuxième baiser, dans la voiture, est une nouvelle apesanteur.

Elle bloque ma main qui s'est glissée dans son soutien-gorge. Elle a stoppé la DS en bas de chez moi. Elle me demande quelles sont mes fenêtres.

— La lucarne, au sixième. Sans ascenseur.

— Ce n'était pas pour me faire offrir un dernier verre.

— Si. Non, je veux dire : allons ailleurs... On ne va pas se quitter comme ça, Hélène.

Elle remet son pull dans sa jupe, ouvre sa boîte à gants, me tend une cassette vidéo :

— Pour patienter, en attendant. Enfin... pour que tu saches. J'ai envie de faire l'amour avec toi, Thomas, ça ne m'est pas arrivé de sentir ça depuis quatre ans ; laisse-moi en profiter un peu. D'accord ?

Je ne réponds rien. J'ai peur d'être banal, docile, transparent. J'examine la cassette entre mes doigts, comme si les bobines et la bande allaient me fournir une indication sur le contenu. Elle pousse un soupir en allumant une cigarette, baisse sa vitre.

— Voilà. Maintenant tu connais la situation d'Edmée. Ça ne t'engage à rien, bien sûr. On peut aussi se quitter bons amis, tu peux revenir déjeuner, tu peux choisir d'oublier ce qui s'est passé dans le ciel, ne garder de moi que la demi-pensionnaire qui lit Proust avenue Foch ; on peut s'installer dans une routine sans issue ou tenter le diable en faisant l'amour un de ces quatre à l'hôtel, comme tout le monde, ou ne plus chercher à se revoir pour que j'essaie d'oublier que sa fille va interner Edmée à cause de moi et qu'on n'a rien pu faire, ou alors...

Elle laisse sa phrase en suspens. Du bout de la voix, je sollicite :

— Ou alors ?

Elle prend une longue inspiration, jette sa cigarette, remonte sa vitre.

— Ou alors je te demande une chose complètement folle qui ferait de moi la femme la plus heureuse du monde — mais ça peut attendre un jour ou deux.

— Oui ? dis-je avec le point d'interrogation le plus léger que je puisse trouver.

— Je voudrais que tu la kidnappes.

J'ai mis trois étages à comprendre ce qui m'avait tant bouleversé. Pour la première fois, on me demandait quelque chose. On avait besoin de moi. Au lieu de me considérer comme un raseur jetable, un éventuel dérivatif ou le coup tiré la veille au soir, la femme de mes pensées me laissait croire que j'étais pour elle un espoir. Un ultime recours, une dernière chance.

A l'entendre, il suffisait de simuler l'enlèvement d'Edmée, de la planquer quelque part et d'exiger une rançon. « Comme ça on aurait de quoi la faire vivre, grâce à l'argent que verserait sa fille. » L'injustice serait vengée, le bonheur sauf. Mais elle avait glissé insensiblement du futur au conditionnel et, dans sa voix plus lente, l'illusion faisait long feu. Elle remettait le sort de la vieille dame entre mes mains, sans trop y croire, comme on passe un flambeau. « Appelle-moi demain, si tu veux ; je te donne mon numéro de portable. Non, ne dis rien. Ne me déçois pas tout de suite. »

Bien sûr, la méfiance qu'elle me témoignait, le désir qu'apparemment elle différait n'étaient peut-être que les moyens de me gagner à sa cause. Bien sûr, j'étais pour elle un homme valide, sans attaches : deux jambes et une solitude à la dérive. Le peu qu'elle savait de moi allait dans son sens : elle voyait combien la situation d'Edmée me rendait solidaire ; il suffisait de quelques marches encore pour que je me sente responsable, et coupable de ne rien tenter.

Entre le troisième et le quatrième étage, je me suis formulé toutes les objections qui se présentaient. Je connaissais Hélène depuis moins de six heures, et elle m'avait déjà quasiment fait perdre mon identité, mon travail, mes repères et mes rapports obligés avec la pesanteur. Elle m'avait retourné, dans tous les sens du terme. Restait à savoir si son choix était le bon. De toute ma lucidité, j'en doutais. Je n'avais jamais rien réussi pour personne. Dans le meilleur des cas, j'avais laissé quelqu'un de mieux déteindre sur moi : quelqu'un qui m'avait aimé en connaissance de cause. Mais dans le désarroi où se trouvait Hélène, elle aurait fait sa proposition à n'importe qui. Et ça, je le refusais. J'acceptais à la rigueur d'être manipulé, pas d'être interchangeable. C'était la dernière fierté qui me restait.

En atteignant le palier du cinquième, ma clé à la main, je m'étais à peu près raisonné. Cette histoire n'était pas pour moi. Rien ne me destinait à pousser les fauteuils roulants, à prendre les avions pour des tambours de lave-linge ni à kidnapper les vieilles dames pour qu'elles échappent à l'hospice. J'avais déjà une famille — du moins une mère et des remords, et le seul moyen de leur échapper était de fonder un foyer à mon tour, avec une fille sur pied qui me ferait un enfant virgule sept pour entrer dans la norme. Dès demain matin, j'irais implorer le pardon de Mlle Herbelin afin de conserver ma place à la Sacem où, si je continuais d'être bien noté, je pourrais me faire, sans angoisse du lendemain ni surmenage abusif, un avenir à l'usure. Le chèque qui m'avait propulsé dans l'univers délétère de l'avenue Foch était sans provision ; l'aventure était close.

Et puis j'ai caressé mes plantes, machinalement. Mes plantes adoptives qui envahissent le palier, grimpent jusqu'au vitrage du toit. Cet îlot de verdure, c'est tout ce qui reste de mes voisins, des retraités qui d'année en année avaient sorti les yuccas, les ficus et les philodendrons de leur deux-pièces, à mesure qu'ils devenaient trop grands. J'avais à peine connu la dame, hospitalisée juste après mon arrivée. Je disais bonjour au monsieur, très digne et très affecté, qui laissait jaunir les feuilles depuis que sa femme était malade. Le lendemain de sa mort, il est sorti comme tous les matins, à la même heure que moi, on s'est salués et, au lieu de se rendre à l'hôpital Saint-Louis, il est allé se jeter dans la Seine. Les neveux sont venus vider l'appartement ; ils en demandent trop cher et il est resté vide. C'est moi qui m'occupe des plantes.

J'effleure les troncs, écarte doucement les feuilles pour dégager les nouvelles pousses, les promesses de fleurs. Mes orphelines, comme je les appelle, sont magnifiques depuis que je les arrose, que je leur parle et que je les caresse. Cette mini-forêt tropicale sous les combles de la rue Mouffetard est sans doute ma seule victoire sur terre. Je n'ai rien créé, rien voulu : je me contente d'entretenir, d'accompagner, sans y être obligé, et c'est le rôle qui me convient le mieux. Les plantes ne m'appartiennent pas et c'est pourquoi je veille sur elles, et c'est pourquoi peut-être, aussi, elles sur-vivent. Pour me faire plaisir, pour me remercier. Parce que je les aime sans rai-son, sans droit ni titre, sans rien attendre en retour.

Ébranlé dans mes résolutions, j'ouvre la porte du studio, vais grimper sur une chaise pour regarder dans la rue. La DS n'est plus là. Mon répondeur clignote. Un seul message. Je débouche une bière avant d'enclencher la lecture. La voix de ma mère grésille sur la bande :

« Viens-tu seul ou à deux, pour Noël ? Rappelle-moi, je fais mon plan de table. »

J'aimerais bien qu'un jour elle commence par « Bonjour chéri, c'est maman » — ou, sans aller jusque-là, quelque chose d'un peu plus motivé, du style : « Si tu m'entends, décroche. » Mon annonce a beau prévenir que je suis peut-être derrière la machine, en train de filtrer, elle ne parle jamais plus de cinq secondes. Je suis pour elle un regret vivant, un marginal sans ambitions, un déclassé, un asocial. Le portrait de mon père. En pire. Un skieur sans montagne, un alpiniste à Paris. Mon travail d'agent de renseignements, qu'elle enjolive en toute impunité auprès de ses relations (« Tom est chargé de comm' à la Sacem ») est pour elle un calvaire : comme ses clients, déduisant de mes fonctions que je fréquente des vedettes, sont toujours désireux de me connaître, elle est tiraillée entre la honte que je lui inspire et la fierté de me montrer.

Pour les brèves lueurs de reconnaissance que j'entrevois dans son regard, lorsque je réponds : « J'adore son labrador » à la question : « Tom, le docteur Duvernois demande comment est Vanessa Paradis dans la vie », j'accepte de tenir le rôle de convive éclairé dans les dîners mensuels de Saint-Germain-en-Laye, et je rédige sans vergogne, rentré dans ma soupente, une dédicace au docteur Duvernois signée Vanessa Paradis. Généralement, les invités du samedi possèdent une fille à marier, ou du moins à introduire dans le monde merveilleux dont j'ai la clé, aussi me fais-je escorter, quand j'en ai les moyens, par une call-girl haut de gamme qui coupe l'appétit à toutes les autres femmes autour de la table en discutant football, saint-émilion, opéra et période Ming.

Je décroche mon téléphone, compose le numéro de l'agence. « Immobilier Chantal Vincent, bonsoir », veloute la secrétaire. Je décline mon identité pour qu'elle me passe maman, à qui j'annonce que je viendrai accompagné. Un soupir habitué me répond.

— Je ne te demande pas si c'est celle de la dernière fois.

— Non.

— Quand vas-tu te fixer, mon pauvre Tom ?

Comme elle est en rendez-vous, elle m'embrasse et raccroche. Je ressors sur le palier donner de l'eau à mes plantes adoptives, puis je reviens glisser dans le magnétoscope la cassette que m'a laissée Hélène. Je m'attends vaguement à une sorte de testament vidéo, où Edmée Germain-Lamart raconterait sa vie, ses voltiges aériennes et ses problèmes familiaux. La cigarette que j'allais allumer tombe de mes mains. Je me précipite sur la télécommande pour monter le son.

Hélène chante sous la douche, court dans une forêt, danse en robe de bal, sourit à la caméra en haut d'un rocher, plonge dans la mer, nage sur le dos, bronze en dormant, les seins nus, les jambes repliées. La caméra s'attarde sur ses cuisses charnues, ses mollets musclés. J'arrête le film, les larmes aux yeux. Je l'entends me dire, en me tendant la cassette : « Pour que tu saches. » Que je sache quoi ? Combien elle aimait bouger, combien elle était belle et faite pour la vie ? Pourquoi a-t-elle voulu me montrer ces images ? Pour que je m'excite sur elle au passé — ou pour qu'elle puisse revoir dans mes yeux son corps d'avant, quand je lui ferai l'amour ? Pour que je lui rende en surimpression sa liberté de mouvement, que je l'aide à retrouver tout ce qui a nourri sa personnalité et son désir, avant le fauteuil, et qui continue de vivre en elle... Elle ne veut pas oublier, faire comme si, tourner la page, se résoudre. Elle veut que mon regard la rassemble, lui parle d'hier dans la situation d'aujourd'hui. Comme ces amants qui échangent leurs photos d'enfance pour avoir l'illusion de s'être toujours connus, et de se posséder mieux. Comme cette famille de Beyrouth-Est dont parlait Charles dans son journal intime, ces maronites qui avaient érigé des murs d'images à la place de leur palais détruit : des posters grandeur nature de leur décor perdu recouvrant les cloisons en parpaings qui supportaient leur nouveau toit.

Je remets la cassette en route. Ce ne sont que vacances, plages exotiques, soirées de gala, terrains d'aviation, loopings vus du sol. Je visionne jusqu'au bout, puis je m'allonge sur mon matelas et ferme les yeux pour revenir au présent. Bien sûr elle était jolie, naturelle et gracieuse dans chacun de ses déplacements. Mais elle ressemblait à cinq ou six filles que j'avais connues en boîte. Et elle ne m'aurait pas remarqué. Et je n'aurais regardé que son corps. Et il suffisait de voir comment elle était filmée pour sentir combien on l'avait aimée, dans cette vie-là. A quoi aurais-je servi ?

En rembobinant, je remercie le destin de m'avoir fait croiser son chemin aujourd'hui seulement. Le cameraman à qui elle s'adressait parfois, l'amoureux *off* qui tentait d'imprimer son style dans les travellings et les fondus, n'a su que témoigner d'une époque révolue, fixer sa mobilité, l'immortaliser. J'irai plus loin. Qu'elle l'ait compris ou non, la distance entre l'Hélène de la cassette et celle du fauteuil est la

137

même qui sépare le Thomas du Grand-Bornand de celui d'aujourd'hui. La seule différence est que moi, si je le voulais, je pourrais revenir en arrière. Marcher à nouveau dans mes traces. Elle s'était adaptée à sa nouvelle situation, sans rien perdre de ce qu'elle était auparavant. Moi, j'avais déchiré mes photos de montagne, j'avais brûlé tous mes souvenirs. De nous deux, c'est vraiment moi qui avais réagi en infirme.

Je recommence la lecture, j'enclenche le ralenti sur ses fous rires, ses pudeurs, ses distractions, ses nudités. Je l'imagine à ma place, se regardant courir, danser, nager... Combien de fois s'est-elle passé cette demi-heure de flash-back ? Était-ce pour elle une torture, une évasion, une gymnastique ? Une manière de redonner à son corps la mémoire du mouvement... De sentir derrière la caméra le désir d'un homme.

Si je fais l'amour à sa vidéo, ce soir, ce n'est pas pour apaiser une tension, ni mettre en réserve une excitation dans laquelle je pourrai puiser, les yeux fermés, le jour où je la prendrai au présent. C'est uniquement pour avoir l'impression qu'on s'est rencontrés *avant,* et l'aider à se retrouver dans mon regard telle que je l'aime toujours, malgré ce qu'on est devenus.

Je me réveille au son de Chérie FM,

comme tous les matins. Sauf qu'il est midi moins vingt, et que le programme musical se déroule sans moi depuis quatre heures. Incrédule, la tête aussi vide qu'à l'atterrissage, hier après-midi, je bondis sur le téléphone pour prévenir la Sacem de mon retard. Mlle Herbelin, très aimable, m'invite à passer, quand j'aurai le temps, récupérer le contenu de mon tiroir. L'animation autour d'elle me rappelle qu'on est le 23 décembre et que je viens de rater le pot de Noël. Je balbutie que c'est à cause de l'apesanteur. Elle m'annonce, d'une voix flûtée, qu'elle me passe M. Bolmuth.

— Et ils veulent nous faire croire que ça n'est pas transgénique, déclare-t-il en préambule, avant de s'informer : Qui est à l'appareil ?

Je réponds que c'est une erreur et je raccroche. Un moment de calme intense succède au stress du petit matin. L'avis recommandé de mon licenciement arrivera demain, il doit me rester moins neuf mille francs à la banque, je n'ai pas encore acheté mes cadeaux de Noël et je me sens heureux. Fier d'une liberté que je n'ai pas choisie, mais dont, cette fois, je compte bien faire quelque chose.

Regardant le costume de colonel accroché à la clé de la penderie, je me demande comment Charles agirait à ma place. Je décongèle un croissant dans le grille-pain, me prépare un thé au micro-ondes. Puis, après m'être douché et habillé en week-end, jean et pull de ski, j'emballe soigneusement l'uniforme dans du papier kraft, rédige au marqueur l'adresse du Palais des Congrès, et vais porter le colis au bureau de poste.

— Monsieur ?

Edmée m'a ouvert la porte et m'observe, incertaine. Je me dis que je suis à contre-jour, lui rappelle mon nom. Aucune réaction. Je donne celui de Charles. Rien ne s'éclaire sur son visage. Toute menue dans une robe droite, des chaussons aux pieds, elle a l'expression absente et docile des vieux qui ont perdu le sens des heures et du lieu où ils se trouvent.

— Tu tombes mal, dit Hélène en sortant du salon.

Elle roule jusqu'à nous, me fait signe d'entrer, referme la porte.

— Je le connais, lui ? s'informe Edmée d'une voix appliquée.

— Non.

— Bon. Tant pis, ce sera pour une autre fois, me dit Edmée avec tristesse.

Et elle va dans le salon, les doigts croisés

derrière le dos, petite silhouette punie qui retourne au piquet.

— Je la fais répéter, me glisse Hélène. C'est mercredi, la psy vient à cinq heures.

— Tu veux que je repasse après?

— Il n'y aura plus d'après.

Une violence résignée luit dans son regard. Elle est en peignoir de bain, décoiffée, sans maquillage. Son fauteuil fait demi-tour, disparaît dans le salon. Je ne reconnais plus rien. Ni les personnages ni le décor. Un malaise fébrile a remplacé la douceur assoupie de la veille, des valises s'alignent dans le vestibule, une radio diffuse un flash d'information au fond de l'appartement, dans une odeur de brûlé. Traînant un sac-poubelle, Pierrot me contourne comme un obstacle, sans un regard. Il est sorti du bureau d'Edmée, tout rangé, débarrassé, anonyme. Seules mes fleurs dans le vase témoignent de ce qui s'est passé hier, ici, entre nous.

— Quels sont vos rapports avec votre domestique? lance Hélène, au salon.

— Mon homme de maison, rectifie Edmée, qui s'est assise près de la cheminée murée.

— Très bien. Depuis quand l'avez-vous engagé?

— Trois mois. Auparavant, il travaillait à la...

— Ne donne pas de détails : attends

142

qu'elle t'en demande. Pourquoi ne payez-vous pas l'URSSAF ?

— Quoi donc ?

— Avez-vous des relations sexuelles avec lui ?

— Hélène, je ne sais pas ce que c'est.

— L'URSSAF... les charges patronales... Tu les payais bien, quand tu avais Marguerite...

— Tu es sûre que ça s'appelait comme ça ?

— Laisse tomber : réponds comme tu l'as fait. Mais n'oublie pas de te mettre en colère.

— Des relations sexuelles ? Pour qui me prenez-vous ?

— Super. Et tu ajoutes...

— Un sucre ?

— Non, s'impatiente Hélène. Tu ne lui offres pas le thé, cette fois-ci, tu lui fais la gueule. Tu ajoutes...

— Ah oui ! Vous écoutez quand je vous parle ? A chaque fois vous me posez la même question, ça devient de l'obsession ou de la confusion mentale !

— Moins agressif. Tu ne l'attaques pas : tu te fous d'elle.

— Bien, soupire Edmée en joignant les mains devant son nez, et elle répète sa phrase sur un ton neutre.

— Où habitez-vous ?

— Ici.

— Quelle adresse?

— 92 avenue Foch, Paris XVIᵉ.

— Quel métro?

— Porte Dauphine, ligne 2.

— Non, ça fait leçon apprise. Tu as le droit de ne pas te souvenir de tout.

— Il faudrait savoir.

— Hélène Ruiz, quand l'avez-vous vue pour la dernière fois?

Un blanc. Edmée détourne le regard vers la fenêtre.

— Quel métro? reprend Hélène.

— Je ne sais pas : je circule en taxi.

— Voilà. Qui est Hélène Ruiz?

Edmée tape du pied avec humeur. Hélène insiste. La vieille dame se redresse dans son canapé creusé, pose les mains sur ses genoux, sagement, et récite :

— C'est une jeune fille que j'ai connue à l'aéroclub, comme ça, au temps où je...

— Ne te justifie pas.

— C'est une amie, c'est tout! J'ai le droit de voir qui je veux.

— Est-ce qu'elle habite ici?

— Non.

— Avez-vous effectué à son profit une demande d'adoption?

— J'en ai assez que vous me posiez cette question!

Hélène tourne un regard de détresse vers Pierrot qui vient d'entrer dans mon dos :

— Elle ne lui a jamais posé la question, si ?

— Pas de façon directe, confirme Pierrot.

— Ça suffit, déclare Edmée en se relevant. On me prendra comme je suis. De toute façon, ma valise est faite.

Elle marche vers la porte, s'arrête devant moi :

— Je vais chez les miens. Chez les fous : j'en ai assez de me battre pour qu'on pense que je suis normale. Je n'ai jamais été normale, je n'ai jamais appartenu à leur monde, et je n'ai plus envie de faire semblant ! Je vous confie la petite : rendez-la heureuse. Moi je vais me coucher.

— Il est midi et demi, proteste Pierrot en reculant devant elle.

La porte claque. Hélène a enfoui la tête dans ses mains. Je m'approche d'elle.

— Qu'est-ce qui s'est passé ?

— On nous sépare. Elle ne l'a pas supporté.

— Comment ça, on vous sépare ?

— Je suis convoquée demain chez le juge. Il va me signifier l'ordonnance d'éloignement, avec astreinte de dix mille francs chaque fois qu'on me trouvera à moins de cent mètres d'Edmée. Sa fille a gagné. C'est foutu.

Je proteste :

— Et moi ?

Elle relève la tête, me regarde avec une tendresse lointaine, comme si j'étais déjà un vieux souvenir sans usage. Elle renoue la ceinture de son peignoir. J'insiste :

— Ce que tu m'as demandé hier...

— Oublie-nous, va. Tu étais un cadeau d'adieu. Un beau cadeau, mais c'est fini, maintenant.

— Je l'emmène déjeuner au club, chuchote Pierrot en repassant la tête dans le salon. Y a que ça pour la remonter.

Hélène soulève les bras, les laisse retomber dans un geste d'impuissance. Cinq minutes plus tard, nous sommes seuls dans l'appartement. Nous n'avons pas bougé. Hélène respire lentement, les yeux fixés sur le livre de Proust abandonné sur le canapé. Les larmes coulent vers sa bouche, suivant les creux de ses joues. Le chien Pluto sourit au bout de sa mule gauche, sur le cale-pieds. La truffe droite, décousue, masque à demi l'autre sourire. Ces pantoufles d'enfant, usées par quelqu'un d'autre ou rescapées de son passé, concentrent ma révolte et la décision que je viens de prendre.

— Comment tu veux que je la kidnappe ?

— Laisse. On n'en est plus là.

— Qu'est-ce que je peux faire, Hélène ?

Elle me demande si j'ai regardé sa cassette. Désarçonné, je réponds oui, cherche

146

un commentaire qui conviendrait à la situation.

— Je voudrais que tu me dises adieu, Thomas.

Elle arrête mes objections d'un doigt sur sa bouche :

— Non, pas dans ce sens-là. Adieu à la femme que j'étais. Ne me pose pas de questions, d'accord ? Si tu as encore envie de moi, c'est la dernière chose que je te demanderai. Va remplir la baignoire, dans ma... dans la salle de bains d'hier.

Je prends le couloir jusqu'au fond de l'appartement, éteins la radio qui ressasse l'actualité, posée par terre, chasse avec la douche les cendres et les fragments de papier qu'a laissés Pierrot en brûlant ce qui devait être les archives d'Edmée. Avant de noyer son écriture longue et droite, je déchiffre : « Ma douceur, mon bel ange », sur un morceau de brouillon quadrillé. Au bas d'un coin de carte postale, surmontant la signature d'Hélène : « Pour toi, je gagnerai. »

La mousse de l'Obao qui s'épaissit sous le robinet remplace les traces du courrier d'Edmée. Les preuves d'amour, les souvenirs de jeunesse, les signes de vie... Que restera-t-il d'Hélène dans cet appartement, avant que les démolisseurs ne l'investissent ? Des barres d'appui tout autour de la salle de bains, un trapèze au bout d'une chaîne scellée dans le plafond. Assis sur le rebord de l'immense baignoire à l'ancienne, j'imagine les heures passées par Hélène dans ce lieu où elle a réappris à vivre avec sa « différence », comme disent les gens. D'autres gestes, d'autres angles, une autre orientation de miroir ; autant d'astuces et de défis pour se réapproprier l'espace.

Où va-t-elle aller, maintenant, que va-t-elle devenir ? Je devrais être inquiet pour elle, et je me rends compte que le sentiment qui domine, c'est la confiance. Hélène retombera toujours sur ses pieds — l'image ne me fait même pas sourire, tellement elle est juste — et le jour où ça ne lui dira plus rien, elle sortira par la grande porte. Le suicide n'est pas qu'une défaite, un constat d'échec ; c'est une reconquête de soi, quand on a perdu le reste. Mon voisin de la rue Mouffetard s'est donné la belle fin dont la maladie, la souffrance avaient privé sa femme. Ses plantes respirent le bonheur retrouvé, aujourd'hui ; ce n'est pas un hasard et j'y suis pour peu de chose. Le vrai drame, la vraie injustice, c'est de survivre tout seul quand on se sent inutile. Ou de mourir pour rien en croyant qu'on va sauver quelqu'un.

— A quoi penses-tu ?

Elle est venue dans mon dos, sans un grincement, sans un craquement sous ses roues.

148

— A la vie.

— Tu peux sortir un instant?

Sans me retourner, je glisse un doigt dans la mousse, vérifie la température. Et les mots trouvent le chemin jusqu'à elle, dans le miroir. Les mots que personne n'a jamais entendus, les phrases que je croyais ne jamais réussir à construire.

— C'était le lendemain de mon anniversaire. Il y avait eu le redoux, une avalanche. Deux surfeurs portés disparus. Mon père est parti avec les chiens et le reste de l'équipe. Je m'étais bourré la gueule toute la nuit en boîte, il m'a laissé dormir. Le radio-réveil s'est déclenché à dix heures; j'avais oublié de le déprogrammer. J'ai entendu sur Mont-Blanc FM que l'alerte était bidon : les types avaient voulu faire une blague, c'est tout, ils venaient d'avouer le canular au téléphone. Il aurait suffi que je prenne la motoneige pour rattraper mon père. J'aurais eu largement le temps. Je me suis dit que le poste de secours l'avait prévenu, j'ai éteint la radio et je me suis rendormi. Il y a eu une deuxième avalanche, une demi-heure plus tard, pendant qu'ils cherchaient les corps, et ils y sont tous restés. Papa, ses trois meilleurs pisteurs, nos chiens... A cause de moi. Voilà. J'ai quitté le Grand-Bornand, tout ce que j'aimais, tout ce que j'étais. Et je suis là. Et je suis ça.

J'arrête l'eau du bain. J'entends Hélène

avaler sa salive. Dans le miroir, son visage est resté le même. Attentif, lumineux et fermé à la fois. Elle m'observe en silence, dans l'écho de mes paroles, dans la trace de ma voix. Grave comme seuls peuvent l'être parfois les gens qui n'ont jamais perdu la légèreté de l'enfance. Une gravité d'osmose, une gravité d'accueil. Me sentir si proche d'elle en ce moment où je devrais me faire horreur, comme chaque fois que je revis ce jour de mars, est la plus belle surprise qu'elle pouvait m'offrir.

— Pourquoi tu me dis ça... maintenant?

— Pourquoi tu m'as donné ta cassette, hier soir?

On se regarde. On s'est répondu, on s'est compris. Elle défait la ceinture de son peignoir en me souriant. Je me relève et sors, ferme la porte derrière moi. L'eau se remet à couler, pour couvrir à peu près les grincements métalliques, le son des chaînes.

— Pas très glamour, hein? souligne-t-elle d'une voix moqueuse, derrière la porte.

— Je n'entends rien.

— Tu as mis dix fois trop de mousse. Je ne sais pas si c'est de la galanterie ou de la prudence. Tu peux venir.

Sa tête émerge du nuage bleuté. Je réduis l'éclairage, en précisant que c'est de la pudeur. La baignoire déborde quand je m'installe en face d'elle, autour de ses jambes.

— Tu es beau, murmure-t-elle.

— Non. J'ai trois kilos de lard à la place des muscles. Mais jamais je ne m'en suis autant foutu.

— C'est poli.

— Ce n'est pas ce que je voulais dire.

— Dois-je comprendre : avec moi, tu regrettes un peu moins ce que tu n'es plus ?

— Tu peux.

— Comme je disais, c'est poli.

D'une détente soudaine elle attrape la barre du trapèze, se soulève et vient sur moi. La beauté de ses seins couverts de mousse efface les images de vacances, de bronzage, de dos crawlé que j'invoquais l'instant d'avant. Je soutiens ses cuisses, les écarte avec douceur.

— Comment tu me préférais ? Nue sous la douche, en string sur la plage d'Ibiza ou dans la robe noire transparente à Stockholm ?

— Je n'ai pas besoin de ton autre corps, Hélène.

— Mon corps de secours.

— C'est toi qui me plais, ici, aujourd'hui. Tu me plais comme je suis.

— C'est joli, comme lapsus.

— Ce n'est pas un lapsus.

J'embrasse son sexe, cherche son odeur

avec ma langue, repousse la fadeur sucrée du bain moussant.

— Viens, gémit-elle.

Elle relâche la traction de ses bras, descend se coucher sur moi. A tâtons, j'attrape mon pantalon sur le tapis de bain, fouille ma poche-revolver.

— Tu t'y attendais, tu es venu pour ça, ou tu en as toujours sur toi? demande-t-elle entre deux baisers.

— Quelle réponse tu cocherais?

— La deux, j'aimerais bien.

— Gagné.

— Je peux?

Elle prend la capote de ma main, étudie l'emballage à la lueur du plafonnier de la chambre.

— Tu cherches la date limite de fraîcheur?

— Je te fais confiance. Je veux dire : je suis sans illusions. Tu dois consommer une boîte par semaine. Je me trompe?

— J'ai beaucoup réduit. Et puis c'est une première, tu sais. Jamais je n'ai fait l'amour...

— Avec une infirme? me devance-t-elle.

— ... dans une baignoire.

Elle me rend mon regard, avec un retour de gravité dans le sourire.

— Tu es gentil, Thomas. Ne le prends pas mal, mais c'est peut-être ce qui m'excite le plus en toi. C'est waterproof?

— J'espère.

A la cinquième tentative, nous arrivons à m'enfiler le préservatif malgré l'eau, la mousse et la tendresse qui m'ont un peu désactivé. Et nous faisons l'amour comme deux enfants qui n'ont pas le droit, comme deux vieux qui ne devraient plus, comme deux timides qui n'osaient pas. Le mouvement que nos bras redonnent à ses jambes, la force qui renaît en elle font basculer mon désir dans une violence, une harmonie, un désespoir que je croyais inconciliables.

— Jamais ! crie-t-elle.

— Jamais quoi ?

— Jamais je ne dirai adieu ! Je veux vivre, Thomas. Je veux que tu me baises, je veux que tu me plaises, je veux t'aimer, je veux vivre !

Le bonheur d'entendre ces mots accélère ma cadence, fait monter mon plaisir pour aller chercher le sien. Elle plante ses ongles dans mes épaules, me supplie de ralentir, d'attendre. Je grimace, retiens mon souffle, pense à des choses accablantes. Après vingt secondes de découvert, de retard d'impôts et de Mlle Herbelin, je rouvre les yeux. Elle caresse mon front trempé de sueur, de mousse, me dit que c'était une jolie descente en paliers.

— Qu'est-ce que tu aimerais, Hélène ?

— Du temps. Un peu d'eau chaude, aussi.

J'allonge le pied, rouvre le robinet avec mes orteils. Nous laissons remonter le niveau autour de nous en nous caressant dans un bien-être inattendu, la sensation de nous protéger l'un l'autre par quelque chose de plus fort que le désir.

— Thomas, souffle-t-elle.

— Oui ?

— Je ne t'appelais pas ; je te prononçais.

— Si je te dis : j'adore comme tu fais l'amour, ça sera ridicule ?

— Prématuré. Je vais réapprendre, avec toi, tu verras... Si tu le veux.

Je lèche la pointe de ses seins. Elle plaque ses mains sur mes tempes, repousse doucement ma tête.

— Ça t'ennuie si on ne jouit pas aujourd'hui ?

La phrase m'attendrit plus qu'elle ne me déçoit.

— Là, je suis encore capable de me passer de toi. Je veux que tu restes libre, Thomas. Si tu penses que c'était une mauvaise idée, ou que c'est juste histoire de se dire qu'on l'a fait, on peut encore en rester là. Après, ça me ferait trop mal. Tu comprends ?

Je comprends. La seule chose que je regrette, c'est qu'elle ressente une fois de plus mes doutes et mes appréhensions avant que je ne les formule. Je mens si bien, d'habitude. Plus j'ai l'impression de lui dire la vérité et moins je me sens crédible.

— C'est moi qui ai besoin de toi, Hélène.

— Tu dis ça pour me faire plaisir ou pour te faire mal ?

La baignoire, en débordant, m'évite d'avouer que je n'ai pas la réponse.

J'ai chargé les valises dans la DS, refermé dans mon dos la porte de l'avenue Foch. Tout ce qu'elle laissait derrière elle, c'était une baignoire pleine. Elle ne voulait pas être chassée par la police, ni faire ses bagages sous le regard d'Edmée. Je ne savais pas où elle dormirait, cette nuit. Ce ne serait pas avec moi : c'était trop tôt, elle voulait s'installer dans une autre vie avant de m'y inviter. Je la laissais dire. Je gardais mes projets pour moi. On roulait sous un soleil insolent, un soleil de printemps — au hasard. Ou alors, elle aussi, elle me préparait une surprise.

— C'était quoi, ta vie avant Edmée?
— C'était rien.

Elle ne m'en a pas dit plus et je ne l'ai pas relancée. A moi d'imaginer. Une famille nombreuse, chacun pour soi et les parents dans leurs problèmes. Ou alors la zone, la rue, la DDASS, l'orphelinat, les petits boulots...

Elle m'a conduit sur les bords de la Marne, dans un paysage de guinguettes fermées, de rocades en construction, de berges aménagées en dépotoirs qu'on déboise. Dans la rue centrale d'une presqu'île à peu près épargnée, elle a rangé la DS le long d'un square. Elle m'a désigné un pavillon en meulière, sans prétention ni charme, avec deux arbres élagués à l'extrême encadrant un bassin à poissons vide. Et elle m'a raconté Michel. Son copain d'enfance, son amour de collège, son compagnon de galères. Après son BEP de maçon, il avait décidé qu'il serait acteur. Figuration, courts métrages, café-théâtre, course au casting... Elle l'avait porté à bout de bras, toutes ces années, gagnant sa vie pour deux et lui remontant le moral quand il rentrait sans rôle. Mais elle croyait en lui, de toutes ses forces, elle savait qu'il avait du talent et qu'un jour les gens s'en rendraient compte. Il suffisait de tenir, et d'essayer de durer sans trop se perdre en route.

Il n'avait pas aimé qu'elle rencontre Edmée, qu'elle se réalise, qu'elle devienne une sorte d'artiste, elle aussi, qu'elle ait son nom dans le journal avant lui, qu'elle gagne des trophées tandis qu'il se battait toujours contre des murs. Il avait encore moins apprécié les lettres du Liban et de Bosnie qui arrivaient à Nogent-sur-Marne. Elle l'aimait toujours, mais il n'était plus le centre du monde ; elle avait trop d'hommes à ses pieds, l'emmenait encore dans ses meetings aériens, mais il avait décidé qu'il n'était plus qu'un poids mort, qu'elle avait honte de lui. Il s'était laissé aller, affichant un malin plaisir à s'enfoncer à mesure qu'elle prenait son envol. Bien sûr, de temps en temps, ils avaient des moments de grâce, des réconciliations magiques qui rendaient leur éloignement plus douloureux encore. Chaque fois qu'ils décidaient de se quitter, ils revenaient l'un vers l'autre. Désir plus fort que tout, remords, résolutions, espoirs ; ils repartaient pour un tour.

Et puis l'accident d'Hélène avait sauvé leur couple. C'est ce qu'il avait cru, de bonne foi. Il était devenu un autre homme, du jour au lendemain. Déterminé à tout assumer, à devenir adulte, à faire un vrai métier. Quand elle était sortie du centre de réadaptation, elle avait trouvé sa vieille maison qu'elle aimait tant complètement reconstruite. Le salon coupé en deux, sa chambre au rez-de-chaussée, un plan incliné remplaçant les marches de la cuisine, des mains courantes sur tous les murs, un siège élévateur défigurant l'escalier en noyer... Il avait dit : « Ça te plaît ? », tout fier. Il ne l'avait plus jamais touchée, elle n'était plus la même femme pour lui, désormais ; il s'était transformé complètement alors que rien n'avait changé en elle : au contraire, son handicap n'avait fait qu'exalter tout ce qu'elle était, tout ce qui demeurait encore intact et possible pour elle, tout ce pour quoi elle s'était accrochée à la vie. Elle n'avait pas tenu un mois ; elle était allée habiter chez Edmée. Il n'avait pas compris sa réaction, pas pu admettre qu'elle le rejette alors que justement il venait de lui prouver son amour en lui sacrifiant sa vocation. Ça l'avait brisé. Aujourd'hui il avait une entreprise de maçonnerie, quatre ouvriers à plein temps, une femme charmante et un bébé de six mois. Le week-end, il animait un club de théâtre amateur à la MJC de Nogent.

— Tu l'as revu ?

— Ils m'ont invitée, oui, deux fois. Pour le mariage et pour le baptême. C'est moi qui lui ai présenté Stéphanie, sans qu'il le sache : j'étais tellement mal de le savoir seul dans cette maison pour infirme... Ne te moque pas de moi. J'ai passé des petites annonces dans le *Nouvel Obs*. « Jeune homme blond, vingt-cinq ans, drôle et chiant, sensible et buté, belle gueule, chagrin d'amour et fou de théâtre, cherche fille même profil. » Et c'est moi qui recevais, qui triais les réponses. Je lui ai fait rencontrer la moins pire.

Je regarde le linge pendu à la corde du jardin, raidi sous la brise : un bleu de travail, une robe en laine, deux pyjamas, des culottes de bébé. Une famille qui sèche au soleil d'hiver.

— Le plus dur pour moi, tu vois, c'est pas qu'il me déteste — parce qu'il avait besoin de me détester pour supporter de me perdre... C'est d'avoir fait son bonheur sans qu'il s'en doute, et d'avoir si bien réussi. Ce bonheur, cet équilibre, ce bébé... Tout ce qu'il voulait pour nous. Tout ce que je fuyais au temps où c'était possible.

Je lui demande en détournant les yeux de la corde à linge :

— Tu pourrais avoir un enfant ?

— Je pourrais, oui. Mais je n'imposerai pas ça à l'enfant, ni à mon corps. Trop de contraintes, trop d'inconnues dans mon état, trop d'égoïsme... Ou trop d'abnégation. J'ai eu assez de mal à redevenir une femme ; je ne veux pas risquer de tout reperdre.

Je lui prends la main, elle se dégage.

— Il y a eu un signe terrible, tu sais. Un de ces trucs qu'on t'envoie, et tu te demandes après coup si c'était un avertissement ou une complicité, une manière de te consoler par avance, de remettre les choses à leur place... On marchait pieds nus sur la plage, Michel et moi, à De Haan, une petite station de la mer du Nord. Il faisait un soleil comme aujourd'hui, à la fin de l'automne... On ne s'était pas méfiés, on avait laissé nos chaussures dans le sable et, quand on est revenus, elles n'étaient plus là. Emportées par la marée. On a cherché dans les vagues, on s'est gelés pour rien... On a fini par aller dans le seul magasin encore ouvert à la fin de la saison. Michel a trouvé une paire de mocassins, pour conduire ; moi il n'y avait rien dans ma pointure. Alors il m'a portée jusqu'à l'auto. Cinq cents mètres, au milieu des familles endimanchées qui se rendaient à la messe. On riait, c'était génial, ce moment entre nous, cette complicité, cette connivence comme quand on était mômes... Le lende-main, je me crashais en meeting à Ostende. Il s'est dit que toute ma vie, toute sa vie, il allait devoir me porter, comme ce jour à De Haan.

Je tends mon briquet vers la cigarette qu'elle a sortie depuis cinq minutes.

— C'est lui qui t'a filmée, sur la cassette ?

— Tu sais tout de moi, maintenant. Tout ce qui vaut la peine.

— Qu'est-ce qu'on fait ? Tu les as préve-nus de ton arrivée ?

Elle redémarre soudain, en voyant la porte du pavillon s'ouvrir. Contorsionné sur mon siège, j'essaie d'apercevoir la sil-houette qui sort une poussette. On tourne

161

au coin de la rue et je me rassieds normalement.

— Tu penses qu'ils seraient d'accord pour m'héberger, c'est ça ? Pour que je leur serve de baby-sitter ?

— Je ne sais pas.

— Non, Thomas. Je ne reviens pas en arrière. Je voulais te montrer, c'est tout. Ce soir, j'irai dans un foyer pour handicapés.

Elle arrête d'un geste ma réaction de refus.

— Ce n'est pas une défaite, pour moi, une façon de rentrer dans le rang. Au contraire. C'est le seul moyen que j'aie d'être encore avec Edmée, à distance, en me mettant dans la même situation qu'elle.

— Et moi, je ferai quoi ? J'irai donner à chacune des nouvelles de l'autre, en vous portant des fruits confits ?

Son changement de vitesse trop brutal fait protester le moteur. Je la revois aux commandes de son avion, rayonnante de liberté, d'enthousiasme et d'envie de m'épater. Je revois le regard d'Edmée, sur la photo, le jour du championnat de France ; cette fierté de s'effacer devant sa fille choisie, de lui abandonner le ciel, de continuer à vaincre les lois de la pesanteur à travers elle. Jamais je ne permettrai qu'on les sépare. En vingt-quatre heures, Hélène m'a donné une raison de vivre, un bonheur à sauver, un but. Ce qu'elle attend de moi est complètement fou, mais j'irai jusqu'au bout de son rêve, même si je finis en prison, en morceaux ou chez les dingues.

— Comment elle s'appelle, sa fille?

— Jacqueline, pourquoi? Jacqueline Pons-Lamart.

— Pons, c'est le nom de son mari, l'avocat?

— Oui. C'est pour la demande de rançon?

Je n'aime pas l'ironie dans sa voix, même si elle est triste. Elle ne sait pas de quoi je suis capable. Elle n'imagine pas que j'ai pu dresser des chiens d'avalanche, risquer ma vie pour les autres sans jamais connaître la peur. Elle ne se doute pas de ce que l'amour déclenche en moi, lorsqu'il est partagé.

— Qu'est-ce que tu fais, pour Noël?

— Je me couche à huit heures avec un somnifère. Ou, s'il y a trop de bruit au foyer, je prends la voiture et je roule toute la nuit. Et toi?

— Je réveillonne chez ma mère.

— Je te demande ça par rapport à Edmée. Je ne voudrais pas qu'elle soit seule.

— Et Pierrot?

— Il a sa vie, Pierrot. Le soir de Noël, en tout cas.

On est arrivés à l'aéro-club pour le dessert. Au milieu de ses admirateurs, Edmée était redevenue elle-même, naturelle, insouciante et radieuse. Mais elle répétait les mêmes anecdotes, les mêmes souvenirs, à quelques phrases de distance. Les sourires se figeaient, autour d'elle. Certains ne riaient plus au moment de la chute. Edmée leur disait qu'ils étaient bien sérieux, aujourd'hui.

— Et le championnat du monde au Havre, vous vous rappelez? Les pilotes américains venus commémorer le Débarquement, les vétérans qui reprenaient cinquante ans plus tard les commandes de leurs vieux Mustangs, leurs vieux Hell Cats... Et qui les accueille, sur le sol français? Une manifestation de riverains qui bloque les avions sur la piste, pour cause de nuisance. Un peu de rosé, Simone, merci. Nuisance sonore! Ils faisaient peut-être moins de bruit, les nazis?

Le barbu en blouson vert comble un silence en demandant à Pierrot à quelle heure il décollera, samedi.

— Tu pars? s'inquiète Edmée.

Les yeux plissés, Pierrot lui dit qu'il l'emmène à Mandelieu, comme d'habitude. Edmée paraît pensive, un instant, puis elle prend conscience des regards gênés qui l'entourent.

— Je peux, tu crois? demande-t-elle avec une timidité qui bouleverse la tablée.

— Le médecin t'a déclarée en parfaite

164

santé, intervient Hélène sur un ton sans réplique.

Comme si elle avait à cœur de montrer que sa mémoire est intacte, la vieille dame se tourne vers moi, et je retrouve instantanément le charme, l'autorité douce qu'elle avait eus pour m'aborder, la première fois, au service des Déclarations.

— Chaque année, Pierrot m'offre une escapade dans le Midi, le 26 décembre. Autrefois, je me baignais, mais la Méditerranée est devenue trop froide. Alors nous faisons la chasse aux truffes dans l'Estérel. Et quand le temps le permet, un petit saut en parachute.

J'interroge du regard Pierrot qui baisse le nez dans son café. Avec un mouvement de coquetterie, Edmée soupire :

— Enfin, il fallait que tout ça finisse un jour. Nous aurons bien profité, mes enfants, jusqu'au bout. N'est-ce pas ?

Un grognement indécis où se mêlent nostalgie et protestation chemine le long des tables accolées. Edmée se lève, dans le grincement des autres chaises. L'un après l'autre, les gars viennent l'embrasser, le cœur gros. A chaque pilote, à chaque mécanicien, elle donne son prénom. Aucun ne laisse deviner, par sa réaction, si elle se trompe ou non.

Dans le vent qui pousse des nuages vers le soleil couchant, elle sort dans son manteau de laine, gris clair et trop long, qui lui donne une silhouette de bonne sœur, et marche vers le hangar pour dire adieu aux avions. Je me tourne vers ses copains qui pleurent en silence, presque tous, sous les guirlandes du bar. Hélène, de dos, à l'écart, écoute la messagerie vocale de son portable. Alors je prends l'initiative de rejoindre Edmée. Traversant la boue gelée du terre-plein, j'entre dans le hangar où s'alignent une quinzaine d'appareils. Elle s'arrête devant chacun, l'appelle par son numéro d'immatriculation, lui flatte l'encolure, lui caresse son hélice. Un jeune type est en train de limer une pièce, dans le fond, sur un établi, au son d'une radio qui diffuse du rap. Il jette un bref coup d'œil à Edmée, reprend son travail. Ça ne doit pas être son époque. Soudain elle s'immobilise, la main sur la tôle blanche d'un petit zinc, et lance au jeune homme :

— S'il vous plaît.

Le type éteint sa radio, s'approche en essuyant ses doigts sur un chiffon. Elle lui désigne l'avion en lui glissant, discrètement, sur le ton avec lequel on fait remarquer à un restaurateur que son poisson est douteux :

— Vis capot moteur.

Le jeune la regarde, sourcilleux, partagé entre la goguenardise et la conscience professionnelle. Puis il change son chewing-gum de joue et entreprend d'inspecter l'appareil, passe la main sur le flanc gauche. Edmée ne voit pas le regard qu'il tourne aussitôt dans sa direction. Elle a déjà pris mon bras pour m'entraîner vers la sortie.

— Je suis fatiguée, Charles. A vous, je peux le dire. Ça ne vous ennuie pas que je continue de vous appeler Charles? C'est si doux, ici...

Comme la première fois que ses doigts se sont refermés sur mon poignet, avenue Foch, je ressens l'émotion qu'elle a dû inspirer à tous les hommes croisés dans sa jeunesse. Tous les hommes, sauf les deux qu'elle a épousés. Distraction, masochisme ou malchance, elle n'a trouvé l'amour que par procuration, et c'est pourquoi, peut-être, n'ayant pas de bonheur à perdre, elle est restée si disponible, si généreuse, si confiante.

— Hélène a vendu Roméo Golf.

Je sursaute. Elle a parlé du bout des lèvres, le regard au sol. La brutalité de l'information, assenée sur un ton aussi neutre, me laisse incrédule.

— Son avion? Mais... pourquoi?

— Elle a envoyé l'argent à ma fille, et une photocopie du chèque à mon juge de tutelle. Ça n'a servi à rien. Elle s'est dépouillée et ça n'a pas suffi. Le monde est vraiment laid, Charles. C'est pour ça que nous volons, tous, pour échapper... L'attraction terrestre, la vraie, qu'est-ce que c'est? Le pognon.

Elle se fige, soudain, me demande ce qu'elle vient de dire. La bouche sèche, je lui cite sa dernière phrase.

— Oui, mais avant. Pourquoi ai-je dit ça? Quel est le rapport?

Elle tape du plat de la main sur ses cuisses, deux fois. Excédée, angoissée, meurtrie. Je m'efforce de restituer sa digression, à partir de la vente de l'avion. Elle acquiesce, reconnaît, se calme, reprend mon bras. Elle reste silencieuse quelques pas. Pour la détendre, je lui raconte la manière peu glorieuse dont j'ai vécu mon baptême de l'air en voltige.

— Je perds la tête, Charles. Non, ne protestez pas. Je ne vous demande rien : je vous explique. J'ai des trous, tout à coup, alors je simule, je simule... Pour garder le contrôle. Le recul. Et je n'en peux plus de simuler. Et je ne sais plus si je simule. Je me répète, je le sens bien. Je connais les garçons : s'ils n'ont pas ri quand je vous ai raconté les riverains du Havre, c'est que je venais de le faire. Non?

Je ne démens pas. Je lui dis que ce n'est pas une question d'âge : moi aussi, parfois, j'oublie ce que j'ai fait cinq minutes plus tôt. Elle n'écoute pas.

— C'est pour Hélène que j'ai lutté, tant

que j'ai pu. Pour ne pas qu'elle renonce, qu'elle se laisse aller ; pour qu'elle continue de se croire indispensable...

— Elle vous aime, c'est tout.

Edmée secoue la tête, le regard fixe, avec une dureté que je ne lui ai jamais vue.

— C'est ma faute, son accident. Si elle ne m'avait pas trouvée sur sa route...

— Elle ne serait allée nulle part.

Elle s'arrête, sur le seuil du hangar, se retourne. L'autorité de ma voix a déclenché en elle un changement que je mesure, à défaut de le comprendre. Elle me regarde, longuement, comme un amant ou comme un fils, et m'étreint. Ses doigts serrent mes épaules, ses cheveux s'aplatissent sur les revers de mon blouson.

— Vous avez fait l'amour avec elle, n'est-ce pas ? Pour de bon.

— Oui.

Je sens ses ongles entrer dans mon cuir.

— Emmenez-la, je vous en prie. Je ne peux pas partir en la sachant seule. Et je ne tiens plus. Je n'en peux plus de faire semblant d'être toujours la même, et de passer des examens devant des imbéciles qui me jugent — mais de quel droit, de quel droit ?

Sa voix s'est brisée contre ma poitrine. Elle renifle, enchaîne beaucoup plus calmement :

— Vous n'avez pas idée de ce qu'ils me font subir. L'humiliation, la bêtise... L'autre jour la neuropsychologue vient prendre le thé, je lui propose un sucre, elle me répond : « Bien mal acquis ne profite jamais. » Et elle sort son calepin, me demande ce que ça évoque pour moi. Je lui dis : « Rien. Il n'y a qu'à regarder autour de soi. » Alors elle m'enlève un point, parce que dans les critères de dépistage de la maladie d'Alzheimer on trouve en numéro 3 : « Altération de la faculté d'abstraction pour interpréter les proverbes. » Et quand je le lui balance — Hélène me briefe — ça l'impressionne et elle me remet un point. Alors que je suis incapable, l'instant d'après, de me rappeler comment se nomme le machin dans lequel on boit le thé. Mais ça, évidemment, elle ne me le demande pas : ce n'est pas sur sa liste. Et c'est comme ça chaque semaine. Je veux qu'on me fiche la paix. Je veux aller dans une maison, je veux mourir tranquille avec des vieux de mon âge. Aidez-moi...

Je l'écarte, doucement, je la recoiffe, je l'embrasse sur le front, lui secoue les épaules.

— Je vous aiderai. Mais il faut me laisser faire. Il faut me faire confiance.

— Je sais, dit-elle avec une foi qui lève mes derniers doutes.

Les mains tremblantes, elle prend dans son sac une petite enveloppe, me la tend. Je retiens son poignet, machinalement. Elle insiste.

— C'est mon testament. Le seul qui importe : mon aide-mémoire. J'ai tout noté, vous verrez ; les noms, les téléphones, les traitements, les dates... Il y a de vraies chances, Thomas. Elle peut remarcher, un jour. On a déjà eu des résultats avec les corticoïdes, le GK 11... Maintenant j'ai demandé la thérapie génique. Elle a des cellules en culture chez le professeur Le Guern à Boucicaut. On pourra lui reconstituer sa moelle épinière, un jour : je ne serai plus là pour le voir, mais ils avancent, je le sais, ils ont des réussites sur les animaux... Vous lirez. Je vous lègue tout ça, Thomas. Je vous lègue mes espoirs, mes certitudes... Elle remarchera.

Mes doigts se referment sur l'enveloppe. Elle ajoute dans un souffle :

— La seule chose qui m'inquiète... parce que ça l'inquiète elle-même ; elle me l'a dit hier soir — ou ce matin, peu importe... « Est-ce qu'il m'aimera encore, si jamais un jour... ? »

Elle laisse la phrase en suspens, effleure ma joue. Je murmure en empochant l'enveloppe :

— ... Si jamais un jour elle redevient une femme comme les autres ?

— N'oubliez pas de lui répondre. Promis ?

Je promets. Je regarde les pilotes qui se dispersent, à la sortie du bar.

— Rentrez dans sa voiture, Edmée. Je monte avec Pierrot.

Les premiers kilomètres sont assez pénibles. Je conçois qu'il ait modérément apprécié que j'endosse l'identité de son fils dans un costume de comédie musicale, mais j'ignore s'il m'en veut encore ou s'il se reproche l'hostilité qu'il m'a témoignée. Je ne sais pas si c'est à lui ou à moi de faire le premier pas.

— Est-ce que vous l'aimez un peu, au moins ? se décide-t-il à l'embranchement de l'autoroute.

— Je l'aime tout court.

— Je parlais de Charles.

Désarçonné, je me tourne vers le petit bonhomme qui conduit sa Twingo à trente à l'heure sur la bande d'arrêt d'urgence, penché en avant, le menton quasiment posé sur le volant, regardant avec anxiété dans ses rétroviseurs, serrant les fesses quand un camion le dépasse et allumant les phares en voulant mettre les essuie-glaces. Il est aussi brouillon, empêtré, fâché avec les objets que lorsqu'il sert à table. Aussi paumé sur la route que dans une cuisine. J'ai beaucoup de mal à l'imaginer aux commandes d'un avion. C'est sans doute le seul endroit où il se sente à l'aise, où il soit dans son élément. C'est peut-être même la conscience de sa maladresse sur terre qui a fait de lui dans les airs, d'après ce qu'en disent ses anciens élèves, un si bon instructeur.

— Non, quand je vous demande ce que vous pensez de Charles, en réalité je voudrais savoir... En lisant son journal, en vous mettant dans sa peau, est-ce que vous avez eu l'impression qu'il était là, qu'il venait vous visiter ?

Il freine avant de tourner vers moi son regard de chien battu, un bref instant, redresse sa direction en catastrophe pour éviter le rail de sécurité. Emu autant par sa détresse que par sa manière de la formuler, je réponds oui. Secouant la tête, il avoue :

— Moi, il n'est jamais venu. J'ai essayé, pourtant, vous savez. Les médiums, le spiritisme, les tables qui tournent... Rien. Le silence. Ou alors les charlatans, mais moi je sentais bien que ce n'était pas mon fils. On ne s'est jamais entendus, de son vivant. Il n'y avait pas de raison qu'il se mette à dire « papa, je t'aime » dans la bouche d'une voyante. D'abord il m'appelait « père » et il me disait « vous ». Il n'y a pas de raison que ça change dans l'au-delà, si ?

— On ne sait pas.

Il hausse les épaules. Pour remettre la discussion dans le rationnel, et aussi pour

173

montrer que je m'intéresse, je lui demande des nouvelles de son petit-fils.

— Raoul? Ça va, j'imagine. Sa mère m'invite à son anniversaire, un an sur deux. Elle est remariée avec un inventeur de jouets, c'est le père idéal, ils sont ravis. Moi je n'ai même pas le droit de prononcer le mot « avion », alors...

Il se tait, le temps des manœuvres délicates qui finissent par l'insérer dans la circulation du périphérique. Puis il reprend, sans lien apparent, poursuivant sa réflexion à voix haute :

— L'accident d'Hélène, c'était un an jour pour jour après le crash de Charles en Bosnie. Comme s'il l'avait appelée... Oui, je sais bien, on peut dire que c'était un problème technique : il y avait du brouillard, elle volait en IFR, aux instruments... Mais Ostende... Ostende, monsieur Vincent! Ça n'est pas Sion!

— Je ne me rends pas compte.

— Enfin, moi, je n'en ai pas dormi pendant des mois. Et même aujourd'hui... Vous savez, si Edmée vous a demandé de jouer son rôle... C'était un peu pour moi, aussi. Pour me faire croire que sa mémoire est vivante, pour me donner l'illusion d'un dialogue. Edmée veut toujours le bonheur des autres, c'est son drame. Ça ne marche jamais.

— Avec moi ça marchera.

Mon ton résolu provoque une embardée assortie de klaxons. Il rentre la tête dans les épaules, constate avec une tristesse où perce un peu d'amertume :

— Vous n'avez rien de commun avec Charles.

Je propose de lui rendre le journal intime.

— Pourquoi, il ne vous sert plus ?

Je proteste. Son désarroi soudain m'a fait chaud au cœur. J'attends qu'il ait négocié à coups d'appels de phares son changement de file, puis je demande des détails sur son escapade avec Edmée, samedi.

— Oh, ça ne veut plus dire grand-chose... C'était un peu d'air pur, quand on était jeunes. On se cachait. La mère de Charles était une emmerdeuse et le second mari d'Edmée, je n'en parle même pas. On se faisait une petite fugue, le 26 décembre ; c'était notre Noël à nous, le réveillon buissonnier... C'est resté comme une habitude, et c'est devenu un pèlerinage. C'est la dernière année, je le sais bien. Et encore... On n'a plus le cœur à ça, ni elle ni moi. Début janvier, elle s'en ira aux Elaguières, une institution de gériatrie dans la Somme. Il paraît que c'est un ancien château. Qu'elle y sera bien.

Pesant chacun de mes mots, cherchant dans ses réactions les failles éventuelles de mon raisonnement, je lui expose l'idée qui

175

m'est venue dans le hangar des avions, tout à l'heure. Il s'arrête en haut de la rampe qui mène à la porte Dauphine, m'écoute avec ses feux de détresse.

— Tu es complètement fou! s'écrie-t-il quand j'ai terminé.

— Merci. Vous voyez une autre solution?

Il fouille dans ses poches, sort un paquet de boules de gomme, m'en offre une. Après vingt secondes de mastication pensive, il répète que je suis fou, sur un ton beaucoup moins négatif.

— Comment ça va se passer, chez le juge?

— Avec Hélène, tu veux dire? Elle est convoquée demain à dix heures, pour l'ordonnance d'éloignement.

— La fille d'Edmée sera là?

— Je ne sais pas.

— Décrivez-la-moi.

— Conne. Bourge. Comme-il-faut. Depuis que ça ne se fait plus, de mettre des fourrures en voie de disparition, elle porte des fausses. Les vraies sont au coffre.

— Si on fait ce que je dis, elle ne risque pas de soupçonner Hélène?

— Jacqueline? Tu veux rire? Elle a gagné: la justice lui donne raison — en plus la petite a vendu Roméo Golf et lui a envoyé l'argent: la morale est sauve, les salauds triomphent. Je suis écœuré!

Pris d'un dernier scrupule, je lui demande si ça ne l'ennuie pas trop que je lui enlève Edmée. Alors il s'illumine et son discours change du tout au tout :

— Mais au contraire ! Tu crois que c'est une vie, ce qu'elle me fait subir depuis la tutelle ? Demande à Simone. C'est ma fiancée — je veux dire : c'est ma copine, bon pour une fois, mais à mon âge « copine » ça fait vieux beau. Tu l'as vue, c'est elle qui tient le bar de l'aéro-club. Elle aime beaucoup Edmée, elle aussi — enfin, il y a des limites. Elle voudrait qu'on profite un peu de l'existence, tous les deux. C'est vrai, Edmée est bien gentille, mais il n'y a pas que le passé, dans la vie. Non, non, c'est formidable, ton idée, moi je suis pour à cent pour cent !

Son enthousiasme me refroidit à un point que je n'aurais jamais imaginé. En le voyant tout à coup si volubile entre ses petits horizons et ses rancunes de sacrifié, je pense à papa, toujours taciturne et digne, à nos veillées dans le vieux chalet où le silence mutuel n'était qu'estime et bien-être, aux dizaines de vies qu'il avait sauvées dans la montagne sans rien attendre en retour, sinon l'affection de ses chiens. La manière dont Pierrot soudain me fait la passe, sans le moindre état d'âme, comme si Edmée n'était qu'un fardeau, un contrepoids à la mauvaise conscience dont je viens de le libérer, dégonfle en quelques instants l'admiration que j'avais pour lui. Je sais bien que j'ai tort. Et je lui souhaite tout le bonheur possible avec Simone. Mais je comprends que son fils ait encore des difficultés à lui parler.

Avenue Foch, je cherche la DS jaune. A l'allure où nous avons roulé, Hélène devrait être arrivée depuis au moins vingt minutes. Les fenêtres du salon sont éclairées. Pierrot se gare dans la contre-allée, va se mettre sur la pointe des pieds et saute discrètement pour regarder par-dessus la grille.

— La psy attendait sur le trottoir, lui dit le grand Black en bas résille adossé aux barreaux. On lui a tenu la jambe comme on a pu avec les potes, mais dis donc là, quelle pétasse ! Hélène a lâché la mamie au coin de Pergolèse, qu'on les voie pas ensemble, et puis elle s'est cassée. Depuis ça bavasse, mon vieux, ça bavasse.

Pierre Aymon d'Arboud me tend la main, avec un soupir de contrariété.

— Je vais essayer d'arranger les choses. Parce que bon, ce n'est pas pour te faire de peine, et j'agirai comme tu le veux, mais réfléchis quand même. Si je me suis emballé, sur le moment, c'était de l'égoïsme. Ça ne peut pas marcher, ton idée. Tu t'es vu ? Tu as quoi, vingt-cinq, vingt-six ans ? Tu t'imagines en cavale au bout du monde entre une alzheimer et une paraplégique ?

— Oui.

Il hausse les épaules, tourne les talons et pousse le petit portail de l'immeuble. Le grand Noir sort une cigarette. Je lui donne du feu.

— Hélène, des fois, me dit-il fièrement, elle me joue un air de chez moi.

Je lui demande où c'est, chez lui. On reste un moment à parler de la Somalie, du Grand-Bornand et de la crise du cul en Occident. Je lui tiens compagnie jusqu'à ce qu'une voiture s'arrête. Il indique son tarif, marchande quelques instants, puis écrase sa cigarette en me saluant de la main. Il monte dans l'auto et je pars vers la bouche de métro.

Rentré chez moi, je laisse un message sur la boîte vocale d'Hélène pour lui demander de me téléphoner à n'importe quelle heure. Puis j'appelle ma mère et je lui annonce qu'elle va être contente : j'ai décidé de me fixer.

Le numéro 12 est un cube de béton marbré au fond d'une impasse à digicode, en haut de la butte Montmartre. Le portail à caméra bourdonne en s'ouvrant dès que j'ai déclaré dans l'objectif : « C'est le monsieur de chez Guerlain. » Allée de gravier, fontaine sans eau, lierre taillé au cordeau autour des fenêtres. Elle m'ouvre elle-même, me tend une main chaleureuse que démentent des yeux tristes. Sans son manteau de castor, ce n'est plus qu'une petite dame effacée, rétrécie, en cardigan mauve et pantalon écossais. Ses cheveux plats semés d'épis sur le crâne encadrent des lunettes quelconques. Elle me dit :

— C'est gentil de vous être déplacé.

Elle sent l'alcool. Sa bouche est remuante, elle ne sait que faire de ses mains. Elle m'indique la bibliothèque où crépite un feu. Sur un ton de reproche dont elle ne peut deviner la cause, je souligne que c'est agréable, une cheminée qui marche. Elle acquiesce. Elle me demande si elle peut m'offrir quelque chose. Je réponds : « Comme vous. » Sans se troubler, elle se dirige vers la carafe en cristal posée sur une desserte, m'annonce que son mari ne va pas tarder, et qu'elle me saurait gré de ne pas insister devant lui sur la raison de ma venue. Je ne réagis pas. Elle me désigne un fauteuil en cuir clouté avec un cendrier d'argent sur l'accoudoir, très chic : deux étrivières pendent de chaque côté d'un fer à cheval.

— S'il savait que je ne m'en suis même pas rendu compte, soupire-t-elle en me proposant de la glace.

La pièce est claire et nette, lisse comme une page de magazine. Aucune faute de goût, je suppose. Des objets d'art et des pierres dures trônent entre les livres, sur les rayons, pour aérer. Des plaids sont jetés en travers des canapés, dans un négligé harmonieux. Il manque un chien. Machinalement, je cherche autour de moi des tableaux rapportés, des meubles qui ne seraient pas dans le style. Tout est à sa place, beau mais étriqué : petites gravures, petits bronzes, petites commodes ; rien ne correspond aux grandes taches claires sur les murs de l'avenue Foch.

Comme le silence s'éternise, je réponds oui pour les glaçons et justifie sa distraction par la frénésie des courses de Noël : comme elle, j'achète toujours mes cadeaux à la dernière minute. Elle baisse les yeux. Je fixe le paquet enrubanné de chez Guerlain, qu'elle a posé à côté de la carafe de whisky, lui raconte que moi-même, chaque année, j'offre un flacon de Shalimar à ma propre mère.

— Comment savez-vous que c'est pour ma mère ? sursaute-t-elle.

Je fronce les sourcils, cherche dans mes souvenirs à voix haute : sans doute ai-je entendu une réflexion de la vendeuse... Son visage reste aux aguets. Je plonge la main dans ma poche intérieure. Quand elle vient me tendre mon verre, je lui rends son portefeuille. Le regard fuyant, elle le dépose sur une table basse, sans l'ouvrir. C'est de la délicatesse, probablement.

— J'ai été obligé de fouiller, dis-je pour la mettre mal à l'aise. Comme il n'y avait pas de carte de visite, j'ai dû regarder dans vos papiers...

— Ça n'a pas d'importance, coupe-t-elle, avant de s'asseoir.

Elle vide son verre en deux gorgées. Je n'arrive pas à me faire à son physique. J'imaginais un rapace de luxe, vigilant, concentré ; un ayant droit en puissance comme j'en ai tant vu défiler à la Sacem. Pas ce vieil oisillon tombé du nid, ce profil de victime frissonnant au bord d'un fauteuil blanc rebondi qui ne prendra jamais la forme de ses fesses. Déjà tout à l'heure, au Palais de justice, quand je l'ai vue sortir de chez le juge en tremblant, voûtée, j'ai eu du mal à conserver mon hostilité. La façon polie dont elle conduisait sa petite Austin, ensuite, laissant la priorité à tout le monde et mettant son clignotant cent mètres avant de tourner, a encore refroidi ma détermination tandis que je la suivais en taxi. Puis sa manière de pleurer en mordant son index, à la boutique Guerlain, pendant qu'elle faisait la queue entre le comptoir des paquets-cadeaux et la caisse, ticket dans la main gauche... Quand elle a glissé son portefeuille dans son sac, il est tombé au milieu de la foule, et j'ai attendu qu'elle soit sortie pour le ramasser. Je voulais la connaître, la comprendre à visage couvert — étudier l'adversaire sur son terrain.

Avec un effort sur elle-même, dans le son de ses bagues heurtant le cristal, elle me demande comment elle peut me dédommager. Finement, je fais observer que, de mon côté, il n'y a aucun dommage.

— Vous avez lu l'ordonnance du juge, traduit-elle sans esquive.

— Vous voulez parler de la feuille pliée ? Non, pourquoi ? J'ai trouvé votre adresse dans le permis de conduire, et votre numéro de téléphone sur le minitel. C'est tout.

Jacqueline Pons-Lamart se décrispe un peu, contre son accoudoir, repose son verre.

— Veuillez pardonner ma nervosité, monsieur. J'espère que votre vie de famille se déroule de manière moins difficile que la mienne.

Mon profond soupir assorti d'un mouvement de sourcils devrait encourager logiquement l'échange de lamentations, griefs et confidences. Mais je ne la sens pas tout à fait en confiance. Je vide mon verre. Aussitôt elle m'en propose un second. J'hésite en regardant l'heure. Elle hausse les épaules et nous ressert.

— Votre mère doit être jeune, dit-elle en plongeant deux glaçons dans mon scotch.

Cette fois elle s'est servie de ses doigts, au lieu de la pincette en argent. Au troisième verre, nous serons intimes.

— Je n'ai rien à lui reprocher, dis-je sur un ton admirable.

Elle laisse échapper un sourire qu'elle efface aussitôt. Intelligente, en plus. C'est peut-être son mari qui l'oblige à se conduire aussi mal envers Edmée. Une gorgée de whisky, et elle décrypte ma phrase :

— C'est le genre de femme qui fait... très attention à elle, vous voulez dire ?

J'acquiesce d'un battement de paupières et enchaîne sans manières :

— Vous aussi ?

Son verre reste en suspens devant ses lèvres.

— Non, monsieur, crache-t-elle, ma mère à moi ne fait pas attention. Elle n'a jamais fait attention à rien. Ni à elle, ni à mon père, ni à moi.. Il n'y a que les étrangers, monsieur! Les étrangers!

Le scotch coule au coin de sa bouche. Elle pointe un doigt vers moi.

— Vous connaissez mon âge!

Avec un brin de raideur, je précise que je n'ai consulté son permis de conduire qu'à la rubrique « domicile ».

— J'ai cinquante-cinq ans, monsieur! On m'en donnerait dix de plus, n'est-ce pas?

Je proteste mollement, pour qu'elle continue de me croire sincère. C'est vrai qu'elle n'a plus ni éclat, ni allant, ni charme — mais en a-t-elle jamais eu? Hélène ressemble dix fois plus à Edmée; c'est bien pour ça qu'elles se sont choisies.

— Et la faute à qui? La faute à qui?

Elle lance sa question plusieurs fois, comme on sollicite un démarreur. Et soudain les mots répondent, affluent, dégorgent un flot de souvenirs sales, de douleurs sans remèdes, de rancœurs marinées dans le pur-malt. La peur, toute son enfance. L'asthme et l'anorexie, les vertiges, les crises de nerfs en voyant sa mère risquer la mort pour rien chaque semaine, faire des acrobaties dans le ciel pour rapporter des coupes. Et son père qui était le seul à la comprendre, qui lui disait courage, puis qui lui a dit patience, et puis qui est mort le premier. Ses années au pensionnat, ses cauchemars incessants, son ulcère à quinze ans. Les visites du dimanche. Un dimanche sur quatre. La belle dame tombée des nuages sur l'aérodrome de Sion, qui l'emmenait déjeuner dans une auberge des Diablerets sans s'apercevoir qu'elle allait vomir entre chaque plat, et qui la redéposait ensuite chez les religieuses, signant des autographes à ses voisines de dortoir qui avaient des mères normales et qui la jalousaient parce qu'on voyait la sienne dans le journal.

— Jamais elle ne m'a aimée. Je n'étais pas drôle, je n'étais pas jolie, je n'étais pas sportive : elle disait toujours que j'avais tout pris chez mon père — et à qui d'autre j'aurais pu prendre quelque chose ? Elle ne m'a jamais rien donné. Elle a voulu mon bien, oui, c'est vrai. J'ai reçu une éducation parfaite. Je crois en Dieu, je parle anglais, je sais peler n'importe quel fruit sans le toucher avec les doigts, tenir ma maison, ma comptabilité, mes distances et ma langue, surtout, ma langue !

Elle prend une longue inspiration, le regard au plafond, le verre contre sa tempe.

— Et vous voulez que je vous dise le pire, ce qui me fait le plus mal ? C'est que je n'ai jamais cessé de l'aimer, et d'attendre un signe de sa part. Quand elle a commencé à perdre la tête, je me suis dit que c'était peut-être ma chance. Il a fallu la mettre sous tutelle, pour éviter qu'elle se fasse gruger par tous les margoulins qui l'entourent, alors j'ai pensé que j'allais devenir un peu sa mère, reprendre le rôle qu'elle n'avait jamais tenu. Je n'ai pas d'enfant, et un mari qui me fuit. De tout mon cœur, j'aurais tellement voulu qu'on refasse le chemin à l'envers, toutes les deux...

Elle vide son verre avec un sanglot qui finit en bulles parmi les glaçons. Je ne sais plus que penser, à quoi me raccrocher, comment réactiver le sentiment de vengeance qui m'a conduit jusqu'ici. C'est si facile de croire que l'argent explique tout, que l'intérêt aveugle... Cette femme se fout de son héritage; elle ne manque de rien, visiblement, sinon d'amour, et croit de bonne foi que sa conduite envers Edmée n'est qu'une façon de l'aider. Elle se méprise, elle se déteste, mais elle ne s'en veut pas. Aucune conscience de sa responsabilité dans l'état mental de sa mère. Elle la rend folle comme Edmée l'a rendue malheureuse; sans le vouloir et sans rien voir, en construisant des murs autour d'elle pour son bien.

— Mais il y a cette intrigante, reprend-elle en retournant à la carafe. Cette fille dont elle s'est entichée, qu'elle a voulu adopter, même... Vous entendez ? Adopter.

Elle remplit son verre en s'arrêtant soudain à deux centimètres du bord, comme si la limite à ne pas franchir était encore devant elle.

— Une moins-que-rien qu'elle est allée ramasser dans un bar pour lui apprendre à voler, puisque moi je n'étais bonne qu'à raser les murs, qu'à ramper au sol... Oh, vous lui donneriez le bon Dieu sans confession ! En plus c'est une paralytique, alors on s'attendrit, mais moi qui l'ai connue avant, qui l'ai vue manœuvrer, tout miel et tout sourire, je sais à quoi m'en tenir. Vous vous rappelez *All about Eve*, le film de Mankiewicz ? La petite esseulée sans le sou qui admire tant son idole, et qui fait tout comme elle, et qui veut tout lui prendre sans que personne la voie venir. Mais je l'ai percée à jour, moi ! Et j'ai la justice pour moi, et j'ai eu raison d'elle !

Elle rate la table en reposant le verre qui se casse sur le marbre. Je suis des yeux la flaque qui se répand jusqu'au tapis. J'ai failli protester, lui balancer à la gueule la vente de l'avion et le chèque envoyé par Hélène, mais sa haine est trop sourde : je me serais trahi pour rien.

— Pardon de vous assommer avec mes histoires, monsieur. Vous me rapportez mes papiers et je vous déballe ma vie.

Quelle ironie, n'est-ce pas. Mais à qui parler? Mon chien s'est sauvé. A l'ouverture de la chasse. Il a toujours eu peur des fusils, et mon mari voulait l'emmener quand même : « Un pointer c'est un pointer, c'est pas une descente de lit »... Tout ce qu'il savait dire. Pauvre Ulysse. Pourvu qu'il soit tombé sur des gens normaux, sur des gentils... Il vaut cher : c'est la seule chose qui me rassure. On ne l'aurait pas bradé pour la vivisection. Hein ?

— Non.

— Qu'est-ce que vous pensez de moi? attaque-t-elle brutalement. Allez, dites-le! Je suis une pauvre femme, une victime, c'est ça? Mais pas du tout! J'ai gagné, moi, je suis la plus forte, je devrais être contente! Non?

— Je ne sais pas.

— Telle que vous me voyez, j'ai obtenu tout ce que je voulais! Tout ce que mon devoir de fille me commandait. L'ordonnance d'éloignement contre l'intrigante, et le placement de maman dans une maison psychiatrique... Et vous savez ce que j'ai fait, en sortant de chez le juge? Je suis allée lui acheter son parfum, comme chaque année, son parfum qu'elle ne met plus jamais... Celui qu'aimait mon père, qu'il lui offrait à chaque Noël... L'odeur des baisers qu'elle venait me donner la nuit, dans mon lit, quand ils rentraient tard, au début, quand ils étaient heureux... Avant qu'elle ne parte avec cet homme. Son copilote, comme elle dit. Le salaud qui a brisé ma vie à dix ans et demi. Vous ne savez pas ce qu'elle a eu le front de me faire ? De raconter au juge qu'il est entré à son service comme domestique pour qu'elle ne soit pas toute seule, puisque moi je la laisse tomber... Moi ! Vous vous rendez compte ? La laisser tomber. Moi qui mets son parfum la nuit... Moi qui...

Je l'interromps, soudain excédé :

— Vous réveillonnez avec elle, ce soir ?

Elle me dévisage, interdite.

— Ce soir ?

— Oui, ce soir. C'est Noël, je vous signale.

Elle se rassied à tâtons, sans me quitter des yeux.

— Vous savez ce qu'elle fait, pour Noël ? Elle ouvre sa porte à toutes les putains de l'avenue Foch : les femmes, les hommes, les transsexuels... Elle dit que c'est chrétien. En quinze ans de réveillons, vous n'avez pas idée de ce qu'elle s'est laissé voler. Les bijoux, les bibelots, les tableaux... La dernière fois qu'elle nous a invités, mon mari et moi, ils faisaient un méchoui dans la cheminée. Un méchoui !

Recroquevillée contre son accoudoir, elle mord son index en regardant le vestibule d'où parviennent des bruits de serrure.

— C'est moi qui suis folle, vous pensez,

n'est-ce pas? reprend-elle trois tons plus haut. Faire chambre à part avec le parfum de ma mère, que je n'ai même plus la force d'aller déposer devant sa porte! Parce que du jour où j'ai dit non pour l'adoption, elle ne m'a plus jamais ouvert!

Le mari entre dans la pièce en tenue de chasse, un faisan à la main.

— Regarde, Mimine, dit-il après m'avoir salué de la tête, comme si j'étais un habitué. Je t'avais dit que je t'en ramènerais un, cette année.

— J'ai perdu mon portefeuille chez Guerlain, réplique-t-elle avec une fierté d'écolière qui rapporte une bonne note. Ce jeune homme l'a trouvé, et il est venu me le rendre.

Machinalement je me suis levé, encombré par mon verre que je fais passer dans la main gauche. Me Pons jauge d'un regard circulaire l'état de sa femme, le niveau de la carafe et la qualité de mon costume.

— J'allais partir.

— Je vous raccompagne.

Je tends la main à Jacqueline Pons-Lamart, qui la serre sans me regarder, et je sors derrière son mari.

— Vous l'avez ramassée dans la rue? demande-t-il en descendant les trois marches du vestibule, à voix basse, le ton neutre.

Je répète l'explication qu'elle lui a donnée.

— C'est ce qu'elle me dit à chaque fois, soupire-t-il. Allez, oubliez ; tout ça n'a aucune importance. Vous aimez le faisan ?

Sans attendre ma réponse, il referme mes doigts sur les pattes du cadavre, me remercie de ma compréhension, m'ouvre la porte, me dit joyeux Noël et chacun sa croix.

Je redescends les rues décorées de la Butte. La nuit est tombée, de vagues flocons tourbillonnent dans le halo des réverbères, les retardataires se pressent dans les boutiques de cadeaux, font la queue sur le trottoir des traiteurs. Je propose le faisan à un SDF qui refuse en m'engueulant, scandalisé. Après deux autres échecs similaires auprès d'une Gitane et d'un quêteur de l'Armée du Salut, j'abandonne le gibier en compagnie des siens sur l'étal d'un marchand de volailles, et j'entre dans une cabine téléphonique. Hélène ne m'a pas appelé, hier soir. Ce matin, elle n'est pas venue au Palais de justice. Un père Noël de quartier tapote à la vitre pour que je me dépêche. Je décroche le combiné. Au milieu des derniers préparatifs de cette fête machinale, je me sens plus que jamais en exil, décalé, inutile. Les lumignons, les guirlandes, les joues rouges des gens qui se dépêchent, des surprises plein les yeux, une gaieté de rigueur dans le sourire ou des progénitures au bout des bras me rappellent, comme chaque année, qu'il serait peut-être temps que je fasse quelque chose de ma vie. Trois taxis attendent à la station d'en face. Avec les bouchons du réveillon, je ne serai pas à Saint-Germain-en-Laye avant une heure ou deux. En RER, évidemment, je mettrais dix minutes.

J'appelle le portable d'Hélène. Elle répond d'une voix essoufflée. Sans préambule, je lui demande si elle est toujours libre ce soir.

— Je croyais que tu dînais chez ta mère.

— Viens.

— C'est habillé comment?

— Viens comme tu es.

— Je suis à la piscine, là.

— Si ça t'embête...

— Ce n'est pas ça. Je veux que tu sois sûr de toi, c'est tout. Je ne veux pas que tu te le reproches, ensuite.

Je chasse une image issue des paroles empâtées du vieil oisillon de Montmartre. Je lui dis où je suis. Le silence grésille au bout du fil, pendant une dizaine de secondes.

— Hélène... Allô?

— Tu es allé voir Jacqueline?

— Qui ça?

— A Montmartre... Qu'est-ce que tu fais à Montmartre?

— Des courses. La fille d'Edmée, tu veux dire ? Elle habite dans le coin ?

Un soupir. Elle me dit de l'attendre au bar du Mercure, en bas du pont Caulaincourt. Et raccroche sans m'embrasser. Pourtant, ma voix sonnait juste. Elle ne m'a pas cru. Au fond, je préfère.

Je ne sais pas qui est le plus tendu de nous deux. Pris dans les embouteillages sous le tunnel de la Défense depuis vingt minutes, on s'est enfumés avec nos cigarettes et la radio crachote, inaudible.

— On n'aurait pas dû passer par là.

— C'est toi qui m'as dit, réplique-t-elle.

— Je n'y connais rien, moi, en bouchons! Avec le RER, on y serait déjà.

— Pas moi!

Confus, je dilue ma gaffe dans les soupçons :

— Je croyais que tu venais directement de la piscine.

— Et que je serais en baskets et jogging? Désolée pour ton fantasme : je nage au Cercle Interallié, qui est la piscine la plus fermée de Paris mais la mieux conçue pour les fauteuils; on m'y tolère pour faire plaisir à Edmée qui est membre depuis trois générations, alors je ne vais pas y aller déguisée en rappeuse.

— Ce n'était pas un reproche...

— Si. Je porte un ensemble Ungaro à vingt-cinq mille francs et des chaussures Gucci qui doivent représenter un mois de ton salaire à la Sacem, c'est le cadeau d'Edmée pour Noël, la facture est au nom de Jacqueline — si tu crois ce qu'elle t'a raconté, tu descends de cette voiture et tu continues à pied : tu arriveras avant moi.

— J'ai été viré de la Sacem.

— C'est un reproche ?

— Une précision. Depuis que je t'ai rencontrée, tout va mal et j'en redemande, alors fous-moi la paix avec Jacqueline ! Je crois qui je veux, je sais ce que je fais et ça me regarde !

— Si tu m'en avais parlé, je t'aurais dit que ça ne sert à rien de vouloir attendrir cette salope ! Dix fois j'ai essayé, par tous les moyens : c'est du béton armé !

— Évidemment, si on part sur cette idée...

— Vas-y, défends-la, ne te gêne pas ! Joue les Casques bleus ! C'est tout ce que tu comptes faire pour Edmée ?

— Arrête de me traiter comme un môme, Hélène ! Je sais ce que j'ai à faire, c'est mon problème, seulement si chaque fois qu'un type se casse le cul pour toi, tu le quittes parce que tu te sens menacée, comme tu as quitté Machin dont j'oublie le nom à cause d'un siège élévateur dans l'escalier, alors quitte-moi tout de suite, c'est pas la peine d'aller plus loin !

Elle me fixe, abasourdie, auréolée d'appels de phares. Je conclus :

— Et puis roule : tu vois bien que ça avance !

Elle cale sous les klaxons, redémarre sans me lâcher du regard.

— Pourquoi on s'engueule, Thomas ?

— Parce que je n'ai pas dormi de la nuit en attendant ton appel, que j'étais mort d'inquiétude et que je suis fou de toi et que je ne laisserai personne te séparer d'Edmée, seulement arrête de douter de moi et de me poser des questions auxquelles je ne peux pas encore répondre ! Fais-moi confiance. D'accord ? Laisse-moi agir !

Elle se tait, signifiant par un mouvement de la tête, front en avant, l'arrêt des hostilités ou l'imminence des représailles. Je pose ma main sur ses doigts crispés autour des leviers de commande. Elle me laisse faire, mais ne répond pas. La sortie du tunnel nous rend la pluie et France Info qui nous raconte l'embouteillage où nous sommes. Je tourne le bouton des stations, m'arrête sur Nostalgie. Cent mètres plus loin, on nous annonce *Lettre au Père Noël* dans la version chantée par Sinatra. Elle éteint la radio.

Nous doublons un accident cerné de gyrophares et de flics énervés qui nous font signe d'avancer plus vite. Soudain la route est dégagée, mais Hélène garde la même allure. Des travaux de rocade nous déviant vers Le Pecq, je prends le plan Paris-banlieue dans le vide-poches et j'essaie de me repérer au milieu du lacis des bretelles et des communes. Je me trompe trois fois, j'incrimine le plan, les sens interdits, le plafonnier. Elle finit par me tendre son portable, je compose le numéro de ma mère et je demande le chemin à Jéjé. Elle ne fait aucun commentaire. Je la sens tantôt consternée, tantôt attendrie, tantôt rancunière ; nous passons par les mêmes états, mais pas au même moment.

En éteignant son téléphone, je me crois obligé de préciser que Jéjé est le compagnon de maman ; il est dans la brioche industrielle et elle l'appelle Jérôme afin de lui donner le standing qui va avec sa Jaguar, mais moi je l'ai toujours appelé Jéjé, pour énerver maman et pour qu'il n'ait pas honte de venir d'où il vient : c'est un type très bien parti de zéro, qui n'a jamais essayé de se faire aimer pour ce qu'il n'est pas, et qui a parfaitement compris que je me barre à dix-sept ans pour aller me faire reconnaître par mon vrai père.

— Et ça n'a pas marché, dit-elle comme si avec moi l'échec allait de soi.

— Si. Enfin, non. C'était pas le problême, entre nous : on n'avait pas ce genre de rapports. Il n'avait rien demandé, lui ; maman l'avait quasiment violé en travers d'une piste, et ce n'était pas à moi de le juger. Il m'a recueilli, il m'a appris la montagne et le secourisme, il a fait de moi ce que je suis. Il m'a tout donné, sauf son nom — et sans vouloir être méchant, c'était mieux que le contraire. « Thomas Magiloz », je ne sais pas ce que tu en penses...

— Ça ne te gêne pas d'arriver les mains vides ?

— Je n'arrive pas les mains vides.

Rue Thiers, je lui dis de se ranger en face de l'immeuble, sur le parking du Pavillon Henri-IV.

— Pourquoi ? Il y a une place devant.

— Oui, mais je préfère que tu te gares dans la boue.

Elle ne discute pas, met son clignotant et arrête la DS entre deux saules, dans le gravier raviné par les ruisseaux qui s'échappent des pelouses en pente.

— Tu m'as présentée comment ? Une amie, une relation, une voisine ?

— Ma future femme.

Elle avale ses lèvres, accuse le coup.

— Tu es chiant, Thomas.

Elle éteint ses codes, retire la clé de contact, reste immobile. J'ouvre ma portière, me retourne vers elle. Les bras croisés, elle regarde le papillon du contrôle technique au sommet de son pare-brise.

— Tu ne sors pas ?

— Non. Je ne fais rien, ce soir. Tu as envie de choquer ta mère avec moi : vas-y. Déplie mon fauteuil, sors-moi et pousse. Je suis complètement dépendante de toi, à partir de maintenant.

L'animation classique résonne derrière la porte. Bouchon de champagne qui saute. Applaudissements. Voix d'hystérique entonnant : « Les cadeaux ! Les cadeaux ! » sur un air de manif. Je connais peu de choses aussi pitoyables qu'un réveillon pour adultes. C'est le moment de l'année où je regrette le plus que Jéjé ne m'ait pas fait un demi-frère. Je sonne. En tunique fendue genre mannequin bouddhiste, ma mère ouvre la porte blindée, m'annonce l'heure pour me signifier mon retard. Sa dernière opération pour ressembler à une couverture de *Vogue* lui a fait un visage en papier glacé. Elle m'embrasse, tout en fixant le paillasson où je ruisselle.

— Bonsoir, maman.

— Tes pieds.

— Hélène.

Elle suit mon regard, passe la tête par le chambranle, découvre le fauteuil roulant sur le palier. Sa réaction est parfaite. Hautle-corps, sourire, les yeux qui remontent et la main qui se tend :

— Bienvenue, Hélène.

S'effaçant pour laisser entrer la femme de ma vie, elle cherche machinalement un plâtre, un pansement, une cause ponctuelle, un problème passager. Les talons aiguilles sur le cale-pieds et les jambes réduites sous la mini-jupe ne permettent pas l'ambiguïté.

— Merci pour votre invitation, madame, je suis ravie de vous connaître, j'ai beaucoup entendu parler de vous, attaque d'une voix chaleureuse la future Mme Vincent.

— Moi de même, répond l'actuelle.

Et son regard s'accroche aux roues du fauteuil que je pousse de convive en convive, pour recueillir les félicitations d'interloqués en porte-à-faux avec leur coupe de champagne et leur gaieté de commande. Chaque présentation d'Hélène se traduit par quatre sillons marron dans la moquette gris perle, avec bifurcations, marches arrière, aiguillages et croisements. Je promène un jouet salissant dans le salon de ma mère, dont le visage se marque au diapason de sa pure laine vierge. Stimulée par l'apathie polie d'Hélène qui joue les femmes-troncs avec des amabilités de speakerine, la jubilation haineuse qui s'est emparée de moi me venge de tant d'années de soin maniaque, d'ordre établi, de soumission aux objets, de ronds sous les verres, de faux sapins aux aiguilles éternelles et de pantoufles obligatoires : une enfance où le seul but de ma présence sur terre était de ne laisser aucune trace.

— C'est un canon, dis donc, bravo, me glisse Jéjé en aparté, une bouteille dans la main, une tache de tarama sur le blazer qui le boudine quand maman le déguise en lord anglais. Quel dommage... Et on dit qu'y a un bon Dieu !

Il secoue la tête dans un mélange de colère sincère et d'admiration forcée, me presse l'épaule pour me donner raison et continue de servir le champagne.

Quand, mes civilités achevées, le sol du salon évoque le dessin d'une gare de triage, je reviens vers maman à qui j'avoue, navré, que nous ne pensions pas qu'il y aurait tout ce monde : nous n'avons apporté qu'un seul cadeau. Et je lui tends le bon pour un nettoyage complet de sa moquette par Élysée-Décor. Sans lui laisser le temps de protester, j'ajoute que nous filons acheter quelques paquets pour ses amis.

— Et tu es content de toi ? me dit Hélène dans l'ascenseur.

— Non, je suis triste pour elle. Mais il le fallait...

Elle ne répond rien. Elle comprend. Du moins je l'espère. Je suis incapable de construire quelque chose de durable avec une femme si je ne liquide pas au préalable mon contentieux avec ma mère. Je ne veux plus avoir peur de ses réactions, je ne veux plus culpabiliser parce que je lui coûte cher en psychanalyste, je ne veux plus donner le change à des étrangers pour qu'elle ait moins honte de moi. Et je refuse de faire passer un examen à la femme que j'aime. Si je n'avais pas ruiné sa moquette avec les roues d'Hélène, ce soir, demain j'aurais eu le couplet de rigueur, les chances gâchées, la vie foutue, mon pauvre Tom, réfléchis bien, tu renoncerais à tout ce que tu aimes, tu l'imagines sur des skis, mieux vaut faire envie que pitié, un jour tu me remercieras... Les conseils d'une mère à son fils qui s'égare. Là, ça passe ou ça casse. Ou elle coupe les ponts, ou elle accepte qu'on y circule à double sens. Ou elle revient vers moi et je lui dis ce que je prépare, je lui donne les clés de ma prochaine vie, ou elle me ferme sa porte. Ou on se retrouve, ou on se perd pour de bon.

— Quel bol j'ai d'être orpheline, soupire Hélène en ouvrant avec son dos la porte de l'ascenseur. D'avoir été choisie pour ce que je fais, au lieu d'être rejetée pour ce que je suis.

Je plaque le fauteuil contre la glace du hall, je me penche et je l'embrasse de toutes mes forces. Un couple inconnu sonne à l'interphone, dit son nom, maman crie bienvenue et de pousser très fort : il y a un problème avec la porte. Je la tiens ouverte, le temps que le couple entre avec ses cadeaux. Derrière le bourdonnement de la machinerie, on distingue entre les soupirs de ma mère les commentaires indulgents du vestibule. « Elle est charmante. — Mais ça ne doit pas être tout rose pour votre fils. — On fait des fauteuils électriques très au point, maintenant. »

Hélène ne dit pas un mot jusqu'à l'arrivée à Continent, la grande surface la plus proche. C'est la dernière demi-heure d'ouverture et les caissières exténuées essaient de se remotiver pour la soirée qui les attend. On remplit un chariot de champagne et de pistolets à eau, de robots à piles, de petites autos, de peluches et de poupées qu'on offrira à tous ces invités sans enfants qui ne voient plus dans la nuit de Noël qu'un prétexte à resserrer des liens d'affaires.

Et puis, au fil des rayons, une langueur nous gagne. Hélène s'accroche au caddie que je pousse.

— Il est marrant, ce grizzli, dit-elle en pressant la truffe d'une peluche qui fait la gueule. Il te ressemble, quand tu es chez les tiens.

Je nuance :

— Les miens...

— Tu as dit adieu à quelque chose, là-

204

bas, fait-elle en déposant le grizzli dans le chariot. Je me trompe ?

— Non.

— J'ai cru que tu voulais te servir de moi. Maintenant j'ai l'impression que c'est pour moi que tu as joué ce jeu.

— C'est presque ça.

— Qu'est-ce qu'on va devenir, Thomas ?

Un marsupilami dans les bras, elle me regarde de côté. Je ne l'ai jamais sentie si fragile, si perdue, si proche. Ce serait le moment idéal pour lui raconter mon projet. Mais je ne peux pas. Je n'ai pas encore effacé tout le mal que nous ont fait les paroles de Jacqueline.

— Pourquoi tu as vendu ton avion ?

— Parce que tu n'aimeras jamais voler.

Elle me tend le marsupilami. Je le range dans son rayon.

— On est vraiment obligés de retourner là-bas ?

La gorge trop nouée pour lui répondre, je saisis le grizzli et le remets parmi les siens. On fait le chemin à l'envers pour vider notre chariot.

— Garde le champagne, dit-elle.

— Je t'offre une pizza ?

On passe en caisse, et on va se percher au comptoir d'un fast-food italien où une blonde à piercing, très sympa, nous glisse deux napolitaines dans le four qu'elle s'apprêtait à éteindre. Je débouche une veuve-clicquot et on réveillonne tous les trois, dans la sonnerie aigrelette qui invite les clients à vider les lieux

— Vous êtes seule, ce soir? lui demande Hélène.

— Non, je débarrasse mon appart' avec mon copain, faut qu'on le rende après-demain et c'est galère : on avait trouvé un loft à tomber par terre dans le XXᵉ et y a eu le feu. On n'a plus qu'à squatter chez des potes et se remettre à chercher : je vous dis pas les boules.

Je lui demande si elle aime les plantes vertes. Elle se marre. Je répète. Elle dit oui. Alors je la branche sur le deux-pièces inoccupé de mon étage, lui indique le montant du loyer et le numéro de ma mère à l'agence, en lui déconseillant d'appeler de ma part. Elle saute au plafond : elle adore la rue Mouffetard. Je lui raconte l'histoire du jardin sur le palier. Je lui donne le nom de l'engrais que j'utilise, des conseils sur la manière de dépoussiérer les feuilles et la fréquence des arrosages, suivant les saisons. Elle note sur son carnet de commandes, fascinée. Elle promet que si elle décroche l'appart', et elle s'y entend pour faire baisser les prix, elle s'occupera de mes plantes comme si c'étaient les siennes.

— Tu déménages? demande Hélène.

— Je crois.

Six bouteilles plus tard, après avoir souhaité joyeux Noël à toutes les caissières qui étaient venues trinquer avec nous dans les gobelets de Pizza Presto, on remonte en voiture. Notre baiser est le plus long de notre histoire, comme si on avait des années de malentendus à rattraper. Quand le vigile vient cogner au carreau, on redresse nos dossiers, on enlève la buée et elle démarre sans qu'on ait besoin de se concerter sur notre destination.

Dès le rond-point de la porte Dauphine, on entend le vacarme du mambo et du tam-tam. Complètement défoncés, les travelos de l'avenue Foch dansent, tournent sur une main et martèlent leurs instruments sur le parquet du salon. Edmée, assise dans une robe du soir des années folles, dort paisiblement sur le canapé, à côté de la cheminée murée — sa place habituelle, pour quelques jours encore.

Hélène prend ma main, devant les grilles d'où nous regardons ses fenêtres. Elle me demande si à mon avis, du canapé au trottoir, il y a moins de cent mètres. Je tourne la tête vers son profil buté, sa moue de rebelle qui a déposé les armes. Et je lui dis tout.

Le Cessna 172 avait décollé le 26 décembre à midi et demi. Les conditions météo étaient excellentes sur l'ensemble du parcours. Le plan de vol déposé par Pierrot donnait Cannes-Mandelieu pour destination finale. Le dernier saut en parachute d'Edmée remontait à l'année précédente, et le médecin du club n'avait exprimé d'autre contre-indication que la réserve d'usage liée à son âge. On ne pouvait rien reprocher au pilote : ni la non-assistance à personne en danger, ni la faute professionnelle, ni l'homicide par imprudence. Tout au plus, le consentement tacite. Mais la lettre laissée dans le cockpit était encore cachetée lorsque la police de Cannes l'avait découverte. « Chers amis, je soussignée Edmée Germain-Lamart, saine de corps et d'esprit à l'instant où j'écris ces lignes, certifie par la présente que j'ai pris seule, en mon âme et conscience, la décision de ne pas ouvrir mon parachute cette année. Personne ne devra être inquiété : ni mon copilote, qui n'est pas au courant, ni ma fille Jacqueline qui n'est pour rien dans mon suicide, quoi qu'elle en pense, ni ma chère Hélène qui s'est inclinée, à mon grand dépit, devant la justice qui a ordonné qu'on nous sépare. J'ai trop aimé la vie pour accepter de m'en aller au ralenti, par petits bouts. J'ai toujours vécu à ma guise, entre ciel et terre : Dieu me comprendra s'Il existe. Je me réjouis de ce dernier saut, et vous embrasse tous sans regret ni rancune. »

Pierrot était sorti libre de chez le juge d'instruction. Malgré les recherches entreprises dans l'Estérel, Edmée demeurait introuvable. Les appels à témoins diffusés dans les médias n'avaient rien donné ; personne, apparemment, n'avait assisté à sa chute. En l'absence de jugement déclaratif de décès, la succession était bloquée : Jacqueline Pons-Lamart n'hériterait que le jour où l'on découvrirait le corps. Hélène pensait que c'était pour elle une punition, un supplice. J'y voyais plutôt une forme de rédemption. Au fond de son cœur, j'en étais sûr, l'oisillon de Montmartre refusait la thèse du suicide, voulait se persuader que sa mère avait tout de même ouvert son parachute, et qu'elle se cachait quelque part afin d'échapper aux lois terrestres.

Un mois après la disparition d'Edmée,

sur la photo qui accompagnait l'article de *France-Soir* commentant l'abandon des recherches, j'avais à peine reconnu Jacqueline. Rajeunie, courageuse, obstinée. Elle avait remplacé le remords par l'espoir.

Ils m'ont accueilli comme si je n'avais jamais déserté, comme si papa était toujours de ce monde, comme si j'étais parti, simplement, faire une saison d'été en plaine. Personne ne m'appelle « le Parisien ». Du jour au lendemain, je suis redevenu Tommy ; j'ai retrouvé ma place, mon rôle, mes habitudes et mon utilité. Même Ulrich, Diane et Master, les nouveaux chiens d'avalanche dont j'ai repris l'entraînement, donnent l'impression de m'avoir toujours connu. J'ouvre les pistes à huit heures, j'emmène les surfeurs descendre le Snowpark, le Boarder Cross et, pour les plus confirmés, la Pointe-Percée. Je vais rechercher les imprudents, les égarés, les trop dangereux. Une fois par mois, je propose mon stage de préparation au Mont-Blanc en quatre jours, par l'ascension de la Petite Verte et du Grand Paradis.

Le reste du temps, j'aime Hélène. J'apprivoise son corps et je lui apprends la montagne, comme elle avait tenté de m'apprendre le ciel. Elle est une élève beaucoup plus douée que moi. Ce qui m'a sidéré, ce n'est pas tant la rapidité avec laquelle elle a assimilé les techniques du fond et de l'alpin, c'est sa manière si naturelle de s'intégrer au groupe de Neige-Frontières. Jamais je ne l'aurais imaginée au milieu d'autres handicapés, descendant la Joyère ou le Chinaillon sur leur fauteuil-ski farté à mort, godillant du bout de leurs minibâtons munis de spatules. Mis à part l'enseignement de Joël, l'ancien médaillé olympique, ils n'ont rien en commun, ni l'âge, ni la position sociale, ni l'origine de leur état — d'ailleurs chacun part de son côté dès que son niveau est jugé suffisant.

Désormais, Hélène me suit dans les descentes, et je peine derrière elle sur les pistes de fond. La jubilation et le bien-être qu'elle puise dans la vitesse de la glisse comme dans l'endurance du nordique modifient de jour en jour son caractère. Ni l'agressivité, ni les pudeurs, ni les scrupules ne lui sont utiles, ici, pour affronter l'espace et les gens. Tout le monde l'a adoptée, la traite comme ma femme et lui fout la paix quand elle a besoin d'être seule. Sa thèse avance à reculons, comme elle dit, mais lui donne ce qu'elle lui demande : la liberté de remonter le temps à son rythme, de n'être pressée par rien ni personne. Parfois, elle me dit qu'elle a les mêmes rapports avec les romans de Proust que ceux qui me lient à mes chiens d'avalanche. Mise en confiance, reconnaissance, malentendus, apprentissage de l'intuition et des moyens de la partager... Je regarde mes chiens différemment, depuis. Je les lui ramène, je lui laisse promener Ulrich — le plus doux. Je me lève en cachette la nuit pour feuilleter *Albertine disparue* — le plus court.

J'ai restauré le chalet de papa, dans le vieux village au-dessus du Grand-Bornand, ce hameau du XVIIIe serré autour de son petit clocher à bulbe. J'ai réparé le toit, retourné les tavaillons et les ancelles, ces tuiles de bois qu'on doit inverser tous les vingt ans pour éviter qu'elles ne se tordent. Il a fallu remplacer les plus anciennes. Dans l'odeur de sciure et de foin chaud, j'ai taillé le billon à la sève morte, j'ai tranché les ancelles avec le fer-effeuilleux, comme on l'enseigne dans la famille de père en fils, bâtard ou pas, et comme je l'apprendrai à l'enfant que peut-être un jour on adoptera, Hélène et moi, quand on se retrouvera seuls.

Souvent, comme ce soir, je pars le long des ruelles de neige à la lueur des lanternes jaunes, entre les parfums d'étables et les chalets à louer; je descends chercher des pizzas et je discute au comptoir avec les habitués, le temps de la cuisson dans le four à bois. Rien n'a changé et rien ne changera. Seules les dates de vacances scolaires varient, d'un an sur l'autre. Au fil des tournées, on refait le monde, un peu, sans trop de nécessité. La vie est simple, ici; le bonheur coule de source, les vieux se maintiennent et les jeunes reviennent. Même le reblochon a son musée. Les étrangers ne ricanent plus : ils s'intéressent, dépensent, exportent, suivent même des stages pour apprendre à le mouler à la louche. L'Europe ne nous inquiète pas trop, vu d'ici. On la laisse venir.

— Le temps ne te dure pas, là-haut? me disent parfois mes copains de comptoir, déçus de ne plus me voir descendre en boîte à la station, la nuit.

Ils conçoivent très bien qu'on puisse tomber raide amoureux d'une fille comme Hélène. Ils comprennent moins que je n'aie plus envie de sortir sans elle ni de regarder une autre femme. Ils désapprouvent cette fidélité ostentatoire. Mais je les aime bien quand ils me disent que je suis « accro », là où ma mère dirait que je suis « fixé ». La différence est immense. Du moins nous voulons le croire, Hélène et moi. Elle a su me raisonner : notre liberté est trop précieuse pour se cantonner dans un mariage. On s'aimera tant qu'on s'aimera; avec cette délicieuse sensation du provisoire qui s'installe dans la durée sans qu'on en ait conscience.

Quand le redoux a rendu le cimetière praticable, je suis allé la présenter à papa. Et j'ai eu un choc. Le caveau n'était plus le même. Un peu gênés, les copains m'ont dit que maman était venue à la Toussaint, ces deux dernières années, assurer ma relève. La dalle en pierre bas de gamme offerte par le syndicat d'initiative s'était fissurée ; elle avait commandé aux pompes funèbres d'Annecy une tombe en marbre gris sur-montée d'un ange à skis flanqué de deux bergers allemands. Jamais je ne lui aurais soupçonné une telle délicatesse, un tel sens de l'hommage et de l'humour. C'est fou comme on peut méconnaître les gens lorsque l'on vit près d'eux.

Je lui ai écrit une lettre de remerciement et d'excuse. Elle m'a répondu par une carte de visite barrée, avec tous ses vœux de bon-heur loin d'elle. Le prénom d'Hélène figu-rait sur l'enveloppe avant le mien. Jéjé avait rajouté en diagonale : « On s'invite quand vous voulez. »

— Et voilà tes pizzas, Tommy. Deux bor-nandines, une alsacienne.

— Une alsacienne, soupire mon voisin de Ricard.

Je compatis, fataliste, repose mon verre sur le comptoir. Moi aussi je trouve que c'est de l'aberration, une pizza au munster ;

ça croûte autant que ça sent, mais on ne discute pas les goûts d'Edmée.

Mes trois boîtes sous le bras, je retourne au chalet où les filles ont mis la table. A la lueur des chandelles, serrée dans son châle, Edmée ressemble de plus en plus à Hélène. Elle vieillit à l'envers, par imprégnation. Elle nous jure qu'elle ne s'ennuie pas, que notre bonheur lui suffit. Elle garde précieusement sous son matelas le petit press-book où elle a réuni les articles nécrologiques parus sur elle. Je sais qu'elle le feuillette avant de s'endormir. Le fait de survivre en cachette lui a redonné des ailes, comme si la clandestinité effaçait le temps qui passe. Elle vit de moins en moins au présent, se répète avec régularité mais ça ne la dérange plus. C'est notre secret, c'est notre mémoire, c'est notre horloge : ses battements de cœur nous accompagnent, sa voix rythme nos jours dans l'harmonie de sa jeunesse recommencée.

J'ai aménagé le mazot, pour elle, cet abri de jardin qui reproduit le chalet en miniature. C'est là qu'autrefois nos paysans entreposaient ce qu'ils avaient de plus précieux : graines, semences, vêtements de fête, livrets de famille. Souvent le chalet principal prenait feu, à cause du foin trop serré dans les combles qui dégageait du méthane, alors on sauvait les vaches, on essayait de maîtriser l'incendie et on

216

reconstruisait à l'identique. Le mazot qui avait protégé l'essentiel de leurs vies servait de modèle au charpentier.

Le parfum du cèdre et du mélèze, les bouteilles de butane derrière la cuisine, les lampes à pétrole et la neige qui fond sous le portemanteau rappellent à Edmée sa première fugue amoureuse avec Pierrot, en hydravion, dans le Grand Nord canadien. A la tombée du jour, quand elle allume le feu dans la bouerne, la grande cheminée pyramidale qui traverse le centre du chalet jusqu'au faîte, elle parle de Chicoutimi, des Eskimos, des caribous. Sa technique, ses gestes pour fumer le lard et les saucisses sont inconnus, par ici. Elle revient soudain au présent, l'air en retard, pour aller traire Marie que j'ai prise en pension dans l'étable voisine de notre chambre, comme chauffage d'appoint. C'est la vache la plus conciliante que je connaisse : elle se laisse traire à pis vides sans protester, toutes les trois ou quatre heures, essuyant d'une oreille distraite les reproches d'Edmée qui l'accuse de ne donner du lait qu'un jour sur deux.

Les copains qui viennent dîner adorent cette vieille dame dépaysante qui leur parle sirop d'érable, construction d'igloos et protection des réserves indiennes, puis qui les met gentiment à la porte, dès la dernière bouchée de reblochon, en leur disant tout bas : « Allez, sauvez-vous, les petits ont des choses à faire. » Hélène est un scandale vivant pour les couples éteints qui nous entourent, d'autant que Marie, la nuit, beugle en écho sur ses cris. Nous n'avons plus besoin d'une baignoire pour nous aimer : j'ai suspendu un jambon au-dessus de notre lit, et c'est elle qui nous a acheté un miroir. Jouir dans nos reflets a fait tomber ses dernières défenses.

— Mon sauveur, murmure parfois Hélène après l'amour, alors que c'est elle qui m'a rendu ma vie.

Les phares des dameuses qui sillonnent les pentes du Lachat donnent à son corps au-dessus de moi un halo bleuté d'ovni. Les bip-bip-bip agaçants des chasse-neige lorsqu'ils reculent ne la font plus bondir sur son téléphone portable. Ses réflexes changent, s'adaptent à nous, à l'altitude, aux saisons. Elle ne me pose pas de questions, quand elle me voit entrer dans une cabine publique. J'appelle le professeur Le Guern à l'hôpital Boucicaut, je prends des nouvelles des cellules qu'il cultive en laboratoire. Agacé par mon harcèlement hebdomadaire, il me dit qu'il faut du temps pour reconstituer la moelle épinière. Il me demande un peu de patience. J'en ai. Je sais qu'Hélène remarchera un jour, et que ça ne changera rien entre nous.

L'après-midi, nous emmenons Edmée au pont de Suize, regarder les deltaplanes et les parapentes s'envoler, tourbillonner dans la vallée. Lorsque le soleil couchant colore en rose la Pointe de Grande Combe, elle nous demande, en désignant les derniers papillons humains qui déploient leurs ailes pour s'élancer dans le vide :

— Ça vous dirait?

On lui sourit, Hélène et moi. On sait qu'elle repoussera la mort, tant qu'elle caressera encore le désir de nous offrir un nouveau baptême.

— Ça vous dirait? répète-t-elle, de plus en plus affirmative.

Chaque jour, nous lui répondons oui, et nous lui promettons d'essayer demain. Nous mentons mal — mais ça ne fait rien, puisqu'elle nous croit.

Composition réalisée par EURONUMÉRIQUE

Imprimé en France sur Presse Offset par

BRODARD & TAUPIN

GROUPE CPI

La Flèche (Sarthe).
N° d'imprimeur : 7156 – Dépôt légal Édit. 11349-05/2001
LIBRAIRIE GÉNÉRALE FRANÇAISE - 43, quai de Grenelle - 75015 Paris.
ISBN : 2 - 253 - 15055 - X